Lady Marrdita

A la mierda el amor

sé una perra y vive más

Primera edición: febrero de 2021
Segunda edición: febrero de 2021

Diseño de cubierta: Planeta Arte & Diseño

Av. Diagonal, 662-664, 08034 Barcelona (España)
Libros Cúpula es marca registrada por Editorial Planeta, S. A.
www.planetadelibros.com

ISBN: 978-84-480-2784-1
D. L: B. 10.573-2020

Impresión: Macrolibros
Impreso en España – *Printed in Spain*

El papel utilizado para la impresión de este libro está calificado como **papel ecológico** y procede de bosques gestionados de manera sostenible.

LIBROS CÚPULA

ÍNDICE

CAPÍTULO 1

EL ORIGEN DE LADY MARRDITA: LA DESPECHADA Y LA PERRA

Estoy sentada delante de mi ordenador, sin dar crédito a lo que leo. En la pantalla se refleja mi cara, tensa como la cuerda de un arco de tiro. La humillación me abrasa más que una banda de cera depilatoria a cien grados. Me digo que esto no puede estar pasándome. Por mucho que parpadeo para deshacerme de mis lágrimas, no consigo enfocar las palabras, que terminan por juntarse hasta convertirse en un borrón.

Tengo dieciséis años y mi primer amor me acaba de joder la vida.

En aquellos tiempos, Ask era la red social que utilizábamos los jóvenes. Por allí se ligaba y se conocía a un montón de gente y, además, era un recurso de investigación superefectivo. Mi novio y yo nos habíamos dado un tiempo, pero seguíamos hablando. Yo me enteraba de que quedaba con alguna chica por Ask, nada serio, pero cuando empecé a notarlo frío y distante conmigo, me puse a investigar más a fondo, y encontré comentarios en Ask, y luego en Instagram, que confirmaron mis sospechas: iba a empezar a salir con otra chica. En aquel momento, sentí lo doloroso que es el amor, aprendí que de algunos tíos no puedes fiarte, y que en las revueltas aguas de los mares virtuales, a veces, pescas hasta lo que no quieres.

Discutimos y yo me enfadé muchísimo. Creía que íbamos a volver, tenía la impresión de que nuestra separación iba a ser pasajera. Pero no. Se fue con otra y me bloqueó de todos sitios.

Lo peor de todo, nenas, fue que, aun habiéndome bloqueado, se creó cuentas falsas para seguir hablando conmigo de vez en cuando. Y pensaréis, ¿qué sentido tiene esto? El control y la sensación de poder, seguro que os suena. Él quería tenerme en reserva, no quería perderme del todo, por si algún día le iba mal su actual relación y podía utilizarme a mí, que estaba esperando en la recámara con ojitos de enamorada. Por una parte, seguía teniendo control sobre mí y mis sentimientos aun sin estar conmigo, y por otra, no dudo que esa sensación de saber que todavía tenía esa influencia en mí no le produjera algún tipo de placer. Siempre ha sido un narcisista. No era feliz ni quería dejarme a mí que lo fuese.

Digo que él fue mi primer amor, aunque, pensándolo bien, el primero fue una fantasía que yo había inventado cuidadosamente unos años antes y que se parecía más a Frankenstein que a Jon González, porque estaba hecha de muchas personas. Un poco del príncipe azul, a quien yo había visto, desde niña, cómo desnucaba a la Bella Durmiente cuando la colocaba en esa postura tan incómoda para morrear; otra pizca de mi padre, cariñoso, siempre atento con mi madre y muy muy divertido; un trocito de mis ídolos por aquellos años, sexis y gamberros; y un pedazo de Jorge, el niño de mi colegio que tanto me gustaba.

Ese, nena, fue durante mucho tiempo mi *love premium*. El sueño que me ponía cachonda y me hacía despegar los pies del asfalto de la calle de mi barrio hasta subirme a las nubes. El otro, el de carne y hueso, también me llevó al cielo, pero a uno que resultó ser de plastiquillo, todo hay que decirlo.

¿Que cómo di con semejante joya? Él fue mi *crush* desde el primer momento en que le vi. Durante un año, más o menos, fui detrás de sus pantalones caídos y, como el que no quiere la cosa, nos liamos poco a poco. Si te digo la verdad, al principio, él me hacía caso solo cuando me necesitaba. La primera vez que nos acostamos fui muy consciente de eso. También de que, de los dos, solo yo estaba enamorada. Aun así, para mí aquel polvo fue muy bonito. Era la primera vez tanto para él como para mí, nos desvirgamos los dos juntos y por eso significó tanto. Debo reconocer que esa noche de fiestas, en la que los dos terminamos en la casa de una amiga mía, fue mágica. En honor a la verdad, también lo fueron otras muchas de las que vinieron después, hasta que se jodió todo.

Era el año 2015, yo tenía catorce años y acababa de perder la virginidad. A partir de ese momento, él empezó a tenerme mucho más cariño y confianza. Íbamos hablando cada vez más, y todo apuntaba a que acabaríamos siendo pareja. Y me enteré, nuevamente por Ask, que él se había liado con otra. Yo estaba ilusionada pensando que él iba a ser mi primera vez y luego íbamos a ser pareja, y de golpe me entero de que seguía ligando con otras. La lie muy gorda y nos enfadamos mucho, estuvimos tres meses sin hablarnos. Luego volvimos a retomar el contacto y ahí sí, nenas, a partir de ahí empezamos a salir.

Tiro de calendario, me pongo a pensar y veo que estuvimos saliendo durante dos años, y después fue cuando lo dejamos. Bueno, me explico. Le dejé yo primero (él dice que le puse los cuernos...). En realidad, le pedí un tiempo, porque yo no sabía si sentía por él tanto como al principio y pensé que, si corría el aire entre nosotros, yo aclararía mis ideas y mis sentimientos. ¡Primer asalto!

En esa época yo no tenía una venda en los ojos, tenía hormigón armado, y se me cayó de pronto. La verdad es que enseguida me di cuenta de que era más tóxico que el azufre y más promiscuo que un gorrión pantanero. ¿Tengo algo en contra de los gorriones pantaneros?, ¡para nada!, pero no me van como especie. La ocupación habitual de mi ex (ligar, ligar y ligar) coincidía con la de esos pajarillos y chocaba con las mías (no os impacientéis, las descubriréis a lo largo de este libro). En aquel momento, yo pensaba que él podría cambiar. ERROR. Eso, claro está, no sucedió nunca. Eso, claro está, nena, nunca sucede.

Sí, lo reconozco, entre las idas y venidas de nuestra relación, comencé a ronear con otros, pero más por tener las manos entretenidas que por querer salir en serio con alguien. Desde los tiempos de las cavernas hasta los del wifi, al ser humano le ha gustado ronear. Un roneo, por mucho que digan, no se puede comparar ni de lejos con unos cuernos bien clavados en la cocorota. Y no, no son las cervicales las que te duelen por llevar tanto peso encima, es la mentira, el que la otra parte no sea capaz de decirte «chati, tenemos que hablar, esto no puede seguir así». Lo demás se entiende y es lo normal cuando eres adolescente —como éramos nosotros por entonces— y a cada rato tienes una avalancha de hormonas sacudiéndote el cuerpo.

Así que ahí estábamos. Yo le había pedido tiempo, él se había enrollado con otra y todo se iba poco a poco a la mierda. Pero la carne, que más que débil es una grandísima hija de puta, nos hizo caer en la tentación y tuvimos un «desliz» (qué palabra más bonita, ¿verdad?). Después de que yo pasara unos meses fuera, volvimos. Lo que significa que estuvimos jugando al gato y al ratón amoroso, aunque no duró mucho; exactamente la friolera de dos semanas. Las cosas ya no eran como antes y, sin tardar, cortamos. También sin tardar, él se fue con otra. Corrijo: el mismo día en que cortamos, él se fue con la que por entonces era su mejor amiga. Como ves, por entonces yo andaba rodeada de gente muy noble... Lo que más daño me hizo fue que él no me guardara ni cinco segundos de luto. Pero él era así, ¡tenía una pasmosa facilidad natural para superar las rupturas!

A pesar de todo esto que os cuento, nenas, para mí fue una relación superbonita. Lo quería un montón, y lo consideraba el amor de mi vida. Me creía todas aquellas tonterías del príncipe azul... Me quedé superjodida cuando se fue con aquella chica, que cortara así conmigo de forma tan tajante, bloqueándome de todos sitios, hizo que no me diera tiempo a asimilar nada. Aquello me mató. Entonces fue cuando empecé a salir todos los fines de semana de fiesta, me liaba con chicos, estaba con uno y con otro... No podía quedarme en casa, de la depresión que tenía. Necesitaba salir y olvidarme, distraerme para poder soportar todo el daño que sentía. Si me quedaba a solas en mi casa, me daban ataques de ansiedad, sentía que me moría. En realidad, hacía todo aquello por despecho y, sobre todo, esperaba que él se diera cuenta de que lo suyo con aquella chica era un antojo y volviera a querer estar conmigo. Nunca os hagáis esto, nenas. Quien quiera estar contigo estará contigo libremente, no esperéis a que vuelvan a vosotras porque se hayan cansado de la chica de turno, por compasión o porque no haya nada mejor. No esperéis por nadie, os merecéis ser la prioridad.

¿Aguantas por amor muchas actitudes o situaciones que te perjudican y te hacen daño?

Despotrica aquí escribiéndolas en las líneas de la página siguiente. Te doy un par de ejemplos, para que veas que en todas las casas cuecen habas, nena. Si te falta papel, no te preocupes, nos pasa a muchas.

◆

POR AMOR, me dejé el pelo largo; a él le parecía más femenina así.

◆

POR AMOR, en conversaciones con amigos, procuraba no destacar mucho con mis opiniones para que él pudiese lucirse con sus chistes y sus grandes ideas.

◆

CURIOSIDADES MARRDITAS

◆ **Cuando lo dejamos, no hablamos de nuestra ruptura. Pasado el tiempo, un día nos encontramos y ¡grabamos un vídeo! Uno de los más visitados de mi canal, por cierto.**

◆ **Fue una persona que me marcó mucho; como prueba de ello, me tatué su nombre. Ni que decir tiene que, antes de hacerte un tatu así, te lo pienses mucho.**

◆ **Mi ex llegó a boicotearme un rollo que tuve con un tío algo más mayor que yo. En una ocasión me vio con él, me llamó por teléfono y me dijo que iba a informar a la policía y a contarles poco menos que yo era víctima de corrupción de menores. ¡Y lo hizo!**

◆ **Este mismo chico se vio involucrado en otro lío que organizó mi ex. Cuando este me vio hablando con él en la barra de una discoteca, se acercó a mí y me dio un superabrazo. Mi noviete y yo nos quedamos a cuadros. Mi ex se apuntó otro momento para la historia...**

Lo cogimos, lo dejamos, lo cogimos, lo dejamos... Nena, si te has hecho un lío, te entiendo. Lee el siguiente esquema que he preparado para aclarártelo todo. Ya de paso, piensa en lo que te sucede o te ha sucedido en las distintas etapas de tu relación amorosa. Así sabrás si va por el mismo camino que ha ido la mía.

PREHISTORIA.
¡Oh, es él! Yo era una yonki del amor *bigger than life.*

EDAD ANTIGUA.
Necesito tiempo y espacio. ¡Horror, está con otra! Tengo insomnio y, para conciliar el sueño, cuento sabandijas.

EDAD MEDIA.
Un viaje inesperado. El desliz.

EDAD MODERNA.
Te-quiero-pero-no.

EDAD CONTEMPORÁNEA.
Me reinvento: soy una perra.

Entre la Edad Antigua y Media de mi historia tuve muchos bajones. Alguna vez hasta pensé en clavarme las uñas en la yugular y acabar con mi vida. Afortunadamente, no las tenía tan afiladas como ahora y, de haberlo hecho, el intento no hubiese prosperado. Además, bien pensado, ¿quién quiere estropearse una manicura bien hecha por un tío?

Bajones y subidones. En aquella época, ese era el pan nuestro y duro de cada día para mí. Cuando no sabía cómo defenderme de los demás y tampoco de mí misma. Cuando me costaba canalizar toda la pena y la rabia que iba acumulando. Por entonces yo no era consciente de que estaba despechada hasta las trancas; el despecho no me dejaba ni respirar.

¿Puede que a ti te esté pasando lo mismo? Sé sincera y contesta a este cuestionario para saber el caudal de despecho que corre por tus venas inflamadas de cólera.

DESPECHÓMETRO

1 ¿Crees en esta máxima?: «Mujer despechada vale por dos».

2 Ya has buscado en la guía fácil del vudú un brujo asequible para ajustar cuentas con tu ex.

3 Confirmado: te has vuelto más fría que un iceberg.

4 Si te encuentras con tu ex y estáis con más personas, con motivo o sin él, le dejas a la altura del betún cuando tienes la más mínima ocasión.

5 Sientes bullir el rencor dentro de ti como el magma de un volcán.

6 Has enmarcado un cuadro con la frase «No hay perdón», que decora la cabecera de tu cama.

7 Vas diciendo y demostrando que eres más fuerte que una piedra de afilar.

8 Hablas mal de tu ex siempre que tienes oportunidad.

9 En el próximo carnaval tienes pensado disfrazarte de mujer pantera.

10 Alguno de los puntos anteriores de esta lista ha hecho que se te salte un botón de tu blusa.

Si has respondidas «sí» al menos a 6 de las preguntas, busca un monasterio budista e ingresa en él inmediatamente. Necesitas calmar tu espíritu y escupir todo ese daño que llevas dentro y te está envenenando.

Cuando sufrimos una decepción amorosa, en muchas ocasiones no sabemos cómo manejar el dolor que nos provoca. Sin reflexión y por impulsos, actuamos de manera muy negativa, para los demás y para nosotras mismas. En realidad, con este comportamiento solo queremos ocultar nuestra vulnerabilidad, protegernos y buscar respuestas a por qué se terminó la relación. Pero, cuidado, por menos de nada nos podemos convertir en un coñazo para todos los que nos rodean y, lo peor de todo, en un tipo de persona que nunca hemos deseado ser.

He de confesar que yo llegué a ser la reina del despechómetro. No lo niego. En resumen, me sentía como un barco en mitad de la tormenta, sin puerto a la vista. Peroooo comenzaron a sucederme cosas maravillosas que lo cambiaron todo, me aferré a ellas como esas chicas de ***pole dance*** a su barra y comencé mi propio baile.

Antes que nada, debo reconocer que yo no tenía un plan estudiadísimo y concienzudo para salir del barrizal amoroso en el que estaba y que todo se fue dando de manera natural. Lo único que hice fue seguir mi intuición, reflexionar y no dejarme vencer por las circunstancias. Cuando todo terminó definitivamente entre nosotros, yo estaba despechada y con ganas de dar bofetones sin manos y repartir caña de lomo. Aun así, al final, no se me ocurrió perseguirle y saetearle con reproches o volver a reconquistarle; tampoco me quedé en la cama, con la mano pegada a la frente y musitando su nombre. Qué va, lo que hice fue ponerme la sonrisa de loba en la cara, tomar nota y actuar en consecuencia.

Para empezar, tuve claro que debía salir del epicentro de la hecatombe. Por casualidades del destino, mi familia se mudó a otra ciudad. El bendito dicho «la distancia hace el olvido» me encarriló hacia una nueva vida, sin él al lado. Sí, ya sé que luego nos enrollamos otra vez, a mi vuelta a la ciudad, pero ¡nadie es perfecto!

Y como un paso va detrás de otro, el siguiente me llevó al gimnasio. Hasta entonces yo no sabía que se podía sentir tanto placer con unas mallas, una camiseta de licra y unas deportivas. (La única pega es que hay que moverse mucho, pero, por lo demás, el esfuerzo compensa.) Por otro lado, como manera de espantar la pena, comencé a darle fuerte al maquillaje y al estilismo a partes iguales, algo que me ayudó una barbaridad. Con el cuerpo divino y un poco de furia callejera, afronté la vida de otro modo. La pintura y la ropa en esos momentos difíciles se convirtieron en un faro deslumbrante en la oscuridad de la noche.

Así, poco a poco, sin darme cuenta, llegó ese momento mágico en el que, en vez de ahogar mis penas en un bocadillo XXL de queso con chorizo, reaparecí gozosamente en el mundo. ¿Y qué pasó entonces?, te preguntarás. Lo normal cuando se sigue (aunque sea a gatas) el buen camino: conecté conmigo misma, con mis necesidades y mis gustos. Relativicé todo lo que había pasado, me di cuenta de que el amor no es ese sueño en el que todo sale bien y fui muy realista.

Así que desde el día en el que estaba sentada delante de mi ordenador, con la cara como un cuadro abstracto de tanto llorar, hasta hoy, ha llovido, nevado y granizado mucho, pero también han salido muchos soles increíbles y esplendorosos. Me he roto y me he reconstruido. He grabado cientos de vídeos. Me he dado cuenta de lo que valgo y quién vale a mi alrededor. He aprendido muchas cosas; algunas de ellas las contaré en este libro. Después de pasado un tiempo de mi ruptura pude responderme a casi todas las preguntas que me hacía por entonces, seguir mi camino y vivir en paz como una auténtica «flor de toto». Y sí, no lo voy a negar, gracias a él, o a la putada que me hizo, en parte, hoy soy la que soy. Y no, aunque podría, no se lo voy a agradecer, porque no me da la gana.

CONSULTORIO MARRDITO

En las redes, sois muchas las que me preguntáis qué hacer en tal o cual situación. Abro aquí mi consultorio marrdito para intentar responder a vuestras preguntas. No os lo toméis todo al pie de la letra (o sí, haced lo que os dé la realísima gana). A la hora de tomar decisiones para resolver problemas, personalizar las soluciones es lo mejor. En cualquier caso, ojalá mi experiencia y mis sugerencias os ayuden.

Mi ex me ha dejado sin mediar palabra. No es que rompiéramos en plan «mira, necesito un tiempo», es que, literalmente, puso pies en polvorosa sin explicaciones y no le vi más el pelo.

Elena, 18 años.

Este es un clásico. Un clásico que hemos visto y sufrido demasiadas veces como para no saber cómo te sientes, Elena. A una amiga mía le pasó lo mismo que a ti. Lo primero que hizo fue llamar a los hospitales, así de confiada estaba con su relación. Tardó algún tiempo en saber quién era el canalla del que se había enamorado. Eso sucedió cuando se dio cuenta de que no conocía a nadie de su entorno y, finalmente, averiguó que llevaba una doble vida. Ni que decir tiene la angustia que vivió mi amiga.

Detrás de este comportamiento tan burro hay mucha inmadurez, muy poca empatía y un corazón de hielo. Una mente tan fría y malvada como la suya no se para a pensar que tu autoestima se quedará hecha trizas o que te culparás hasta el aburrimiento de su marcha. Reflexiona sobre lo que te ha ocurrido. Por favor, enfréntate a su imagen real: un lobo estepario. Imagínatelo así, porque es su viva estampa.

Ese pedazo de animal no merece ni un segundo de tiempo. Bastante le has dado ya, incluso le has ofrecido, después de irse, el que no se merecía. Tienes que intentar ser tan fría como él y actuar con mucha determinación. Vamos a ver. Lo primero que debes cambiar en tu nueva existencia es la manera de expresar lo que te sucede. Si cambiamos la letra de la canción, la canción es diferente, ¿no?

Nadie, lee bien, NADIE, te deja. ¿Por qué? Porque nadie te toma. ¿Por qué? Porque no eres un objeto de su propiedad. O sea, Elena, cariño, has tenido la poca fortuna de cruzarte con una persona parca en palabras, desde luego, que tiene un estilo de cuarta. Lo más cerca de alguien así que debes estar es a cien mil kilómetros, como poco. Un sujeto de esta clase (Z) nos roba energía, tiempo y merma nuestra autoestima. Y eso, nena, está justo en el lado opuesto que queremos dominar.

Toma aire, haz este ejercicio práctico y déjate llevar. Completa la frase MI EX ME HA DEJADO como más te guste siguiendo estos ejemplos.

- Mi ex me ha dejado: voy a mirar precios para viajes a Nueva York.
- Mi ex me ha dejado: he quedado con mis amigas para cenar en un restaurante cantonés.
- Mi ex me ha dejado: ni fus ni fas, me das igual.

____

____

____

____

____

Me he enterado de que mi pareja se ha liado con otra; varias veces, por cierto. Lo peor es que lo sé por Instagram. Él es el amor de mi vida, y no sé por dónde tirar.

Marta, 30 años.

Lo primero que debes hacer es repetir hasta desgañitarte: «¡¡¡¡¡¡Gracias, Instagram!!!!!!!». Benditas redes, que nos dan la oportunidad de conocer gente y, lo más importante, conocer a la gente. Una función muy valiosa, por cierto. Y lo mejor de todo es que nos ayudan a pisparnos de las noticias casi a tiempo real. Si no es así, siempre hay un alma caritativa que nos informa, a la velocidad del rayo, de cualquier cotilleo que se cueza en nuestras cuentas.

A ver, Marta, no has tenido intermediarios para conocer las andanzas de tu novio. Por eso, no es que me imagine, es que sé que te has quedado patitiesa al leer esos mensajes gualdraperos. A lo mejor, no tanto, y ya te olías la tostada. Lo más elegante que se me ocurre decirte es que ese pavo se ha retratado con su comportamiento. Si ha obrado así sabiendo que tú verías fotos y mensajes de su roneo, la cosa está clara: quería darte puerta. Un tío con un espíritu tan faltón y lumbago mental se merece sufrir, como poco, las siete plagas bíblicas.

Por mi parte, debo decirte, Marta, que esta historia me suena. Como ya os he contado, viví algo parecido. En su momento, yo me quedé atascada y no supe qué hacer hasta pasado un tiempo. Y ahora que lo pienso, ni pasado ese tiempo supe tampoco qué hacer. Eso sí, poco a poco dejé de sentirme como una de esas ratas de laboratorio que intentan salir de un laberinto y seguí con mi vida.

Mi consejo es que te muevas, hagas cosas, pruebes, qué sé yo. El caso es tener la mente ocupada y dejar que toda la energía negativa que a buen seguro estás acumulando se vaya por la taza del váter, junto con la idea de que él era el amor de tu vida. Puede que ahora no lo creas, pero eso del «amor de mi vida» no existe y, en todo caso, estarás de acuerdo conmigo en que solo se puede decir cuando se han cumplido noventa años.

> *Cuando mi ex me ha visto con otro me ha llamado puta.*
>
> **Noemí, 17 años.**

Noemí estuvo saliendo con un prenda unos cuantos meses. Cuando cortó con él, a ella le extrañó que se lo tomara a bien y quedaran «como amigos», porque había sufrido su agresividad verbal en más de una ocasión. El tío era de esos que dicen: «A mí ninguna mujer me deja. Esto no va a quedar así». Un día, a la salida de una discoteca, ella estaba besándose con su nuevo novio. Al verla, este macarra de siete suelas de su ex la llamó puta.

Lo primero que hay que decir es que este comportamiento es VIOLENCIA. Lo segundo, que esta consulta me encanta. Tanto como la palabra puta. Aunque es un tema muy cansino para mí y, en general, para todas las mujeres, la verdad. Yo sufro agresiones verbales en las redes día sí día no. Fea y guarra es lo más fino que leo. Me importa una mierda lo que me digan cuatro descerebrados, porque eso es lo que son, pero si me pillan con la guardia baja y más sensible de lo normal, a lo tonto, me pueden estropear una tarde.

Noemí, reina, tranquila. Para cierto tipo de gentuza, puta equivale a mujer libre. Cuando alguien te llame las cuatro letras (como se decía antes), lo mejor es, primero, contestar con una sonrisa muy cuqui. El mensaje visual debe ser: «Voy sobrada y lo vas a comprobar ahora mismo. Te atiendo porque tengo un momentito». El contenido de ese mensaje es: «Yo no soy una puta, soy LA puta y, para ti, SRA. Puta».

Si le queda alguna neurona viva y un poco de vergüenza —cosa que dudo—, te dará las gracias por poner algo de luz en su triste, cutre y casposa vida. Aunque es mejor que no te dé ya nada. Procura evitar incluso el contacto visual con él cuando os encontréis. En caso de que se ponga muy muy idiota y reitere la agresión, explícale alto y claro que hablarás con la policía. Es más que recomendable grabar el acoso con el móvil y contar con testigos, por si decides denunciarlo.

Necesito tiempo en mi relación, pero mi chico no lo entiende.

Ana, 27 años.

A veces, la inercia de la rutina hace que no nos demos cuenta de problemas de fondo hasta que no necesitan una solución muy urgente. Casi siempre merece la pena darse un tiempo y tomar distancia en las relaciones si estas no van bien y hay razones de peso para creer que pueden cambiar a mejor. Si él no lo entiende, lo más oportuno es que habléis, con el fin de saber en qué situación estáis. Igual es un buen momento para «hacer limpieza» y poner las cosas en orden entre vosotros.

En cualquier caso, ten claro que él no tiene que darte ese tiempo que tú necesitas, no te lo concede por su voluntad divina. Ese tiempo es tuyo, te pertenece a ti y puedes hacer uso de él cuando quieras. Lo mejor, claro, es que acordéis el plazo de vuestro distanciamiento y tengáis una comunicación discreta pero fluida cuando esto suceda. En resumen: cuidaos mutuamente, sin que él te atosigue o te presione para volver. No hay mejor muestra de amor que practicar la generosidad con tu pareja. Ojo: esta pirueta requiere mucha delicadeza por ambas partes.

Darse un tiempo significa casi casi empezar desde cero, es decir, currárselo mucho, y ver de cerca el panorama que han dejado el tiempo, la rutina, los celos, las inseguridades... En fin, ninguna de las dos opciones resulta muy apetecible que digamos. Tal vez él se vea amenazado ante la posibilidad de que tú puedas conocer a otra persona, o que le des boleto pasado ese tiempo de reflexión. Déjale claro que ese es un riesgo que debéis asumir los dos.

Si finalmente decidís dejarlo, pactad muy bien los términos para que no haya malentendidos y no os hagáis daño. Si después de esto, y aclarada toda la situación, vuestra relación sigue su curso, asegúrate de que te sientes cómoda y no permitas ni un solo reproche referente a ese tiempo que has necesitado. Cuando la crisis acabe, os conoceréis mucho mejor, algo que es muy positivo para una pareja que apuesta por el largo recorrido.

Mi ex y yo cortamos de común acuerdo, aun así, se me ha venido el mundo encima.

Paqui, 35 años.

Este tema lo trataré más detenidamente en el siguiente capítulo, pero quiero adelantar aquí algunas ideas que me parecen importantes con respecto a los estragos del amor. Antes, por buscar algo positivo a tu dolor, te diré que el que hayáis roto de común acuerdo es, aunque dolorosa, una experiencia enriquecedora y, con el tiempo, comprobarás que una buena decisión. Es más que probable que cuando sanen las heridas, seáis amigos. Esa será vuestra recompensa por haber cortado sin malos rollos. Del modo en el que iniciemos y mantengamos nuestras relaciones va a depender su final.

Paqui, el mundo está en la tierra, justo donde tú plantas los pies cada día. Está claro que en algún momento los has despegado de ella si ahora tienes esa sensación tan descorazonadora. ¿Qué quiero decir con esto, querida? Pues que tal vez has tenido unas expectativas muy altas con respecto a esta relación y solo has visto lo que has querido ver de ella. Quizá no has recordado la máxima que tanto miedo nos da a hombres y mujeres: todo empieza y todo acaba.

Sí, incluso cuando somos felices como perdices, no está de más que le dediquemos un rato a pensar en que la posibilidad de que todo termine es real. Esta es una de las causas por las que debemos tener vida propia fuera del nidito de amor. Otra manera de afrontar estas situaciones antes de que lleguen es hacerle un corte de mangas a la basura en forma de cuento de hadas que nos venden cada día para que creamos que estar en pareja es la única manera posible de ser feliz.

Sé muy bien por lo que estás pasando. Esa sensación de abatimiento y tristeza es normal. Como dicen los expertos en estos temas, estás haciendo el duelo. Seguro que no tienes ganas de hacer nada, duermes mal y tu relación con la comida es difícil. Me gustaría darte una solución para que este momento tan complicado pasase rápido para ti, pero no la tengo. Me temo que solo el tiempo hará que te encuentres mejor. Bueno, el tiempo y... mis superconsejos ;).

No creo en el amor ni en el romanticismo, ¿qué me queda? A mí las relaciones de príncipes y princesas no me van nada.

Almudena, 40 años.

Supongo que te refieres al amor de mentirijillas y al romanticismo cateto, Almudena. No lo digas con pena, leches. ¡Te queda todo! Te tienes a ti, para empezar. Si no crees en ellos, ¡eres ciudadana de pleno derecho del mundo real y su belleza sin fingimientos ni bobadas! Bien por ti, si vives una nueva existencia, en la que los tíos no son los protagonistas de tu vida, porque has entendido que ese papel es tuyo y solo tuyo.

Te animo a que creas en el amor y el romanticismo, pero no en el que nos controla y nos somete, el que nos hace depender de manera insana del otro, nos causa sufrimiento y nos convierte en esclavas de él a tiempo completo. Ese amor está idealizado, es posesivo y obsesivo, solo entiende el sexo como intimidad y sus armas son el reproche, la mentira y la manipulación. De ese amor y de ese romanticismo hay que huir como de la peste. Y cuando lo tengamos delante, hacerle una buena peineta.

Sé que es difícil cambiar el chip y dejar a un lado todo lo que nos han enseñado sobre el amor, pero hay que probar a cambiar las cosas. El amor que yo reclamo es más movimiento que sentimiento, consiste en querer, admirar, elegir, respetar, cuidar, confiar y ser libre. Pensar que es posible una relación basada en estos valores es a lo que yo llamo romanticismo.

Almudena, no estás majareta al querer tener una relación real y, sobre todo, que se acomode a tu manera de ser y de pensar. Eso quiere decir que te has tomado tu tiempo en pensar cómo quieres que sea y que no te conformas con cualquier cosa. Bien por ti. Eres un caso claro de inteligencia y sabiduría. Ojalá tu manera de entender la pareja ilumine a otras muchas mujeres intoxicadas y comprueben que TENER RELACIONES SANAS ES POSIBLE. Los príncipes, ¡a los cuentos!

10 IDEAS PARA UNA VIDA 10

1. Párate y piensa: ¿quieres la vida arrastrada que llevas con una pareja que deja mucho que desear? ¿¿No contestas?? Sigue leyendo, por favor.

2. Haz balance de lo que te ofrece tu relación. Si es negativo, leer este libro te hace tanta falta como el comer.

3. El amor romántico no es amor. Si tuviera forma sería la de unas cadenas.

4. Quieres romper, pero él no te lo permite: ¡rompe!

5. Al más mínimo tufillo a «tú eres mía», dile que tienes un pollo en el horno, da un golpe de melena y pon rumbo desconocido.

6. Una vez hecho, tómate un tiempo lejos de él; si es toda la vida, mejor.

7. Muévete, no te aísles; conecta con tus gustos, tus deseos y tus metas.

8. Intenta no quedarte anclada en el pasado

9. La vida es una sola: vívela intensamente.

10. No mires atrás.

Todo esto, todo lo que te he contado con tanto empeño hasta aquí, con la misma devoción que se predica la palabra de Dios, ojalá te sirva para que tomes consciencia de qué son las relaciones tóxicas y tengas las ideas muy claras sobre lo que necesitas en cuestiones amorosas. Cada letra que he escrito en este libro va orientada, única y exclusivamente, a que estés contenta desde que dan las claras del día hasta la noche y tengas una vida más feliz.

Avanza un paso más en tu camino a la gloria y repasa a continuación lo visto en el capítulo.

Si no quieres darte una hostia monumental cada vez que sales con alguien, aprende rápido que el amor romántico es una patraña y te llevará derecha al precipicio del dolor.

¿YA TE HAS ESTRELLADO?
Sana tus heridas, cuídate y, por favor, la próxima vez no reincidas.

CAPÍTULO 2

EL DESENGAÑO AMOROSO Y LA RUPTURA

Hay algunas relaciones que nos hacen preguntarnos por qué comenzaron. También hay otras que nos plantean un interrogante muy jodido: por qué duraron, si olían a truño desde el principio. Luego están aquellas que una vez terminadas, al echar la vista atrás, te hacen sentir una estupefacción de la que no sales ni con mil escobazos que te den.

En todos estos casos, querida mía, tú y yo sabemos que la ruptura es el billete en clase vip que nos llevará directas al bienestar, la llave de nuestra felicidad. Sin embargo, en muchas ocasiones, teniéndola en nuestra mano, nos negamos a utilizarla para abrir la puerta de nuestro destino. O hacemos cosas tan temerarias como tirarla al mar. ¡Ay, a veces, qué difíciles nos ponemos las cosas a nosotras mismas!, ¿verdad?

Así que, ya tú sabes, mamita, que **DEBES ROMPER, PERO NO TE ATREVES.** Sí, ya lo sabes, y otra vez has escrito en el bloc de notas de tu teléfono esa tarea que no puede esperar ni un minuto más: tú por tu lado y yo por el mío. Buscas argumentos, frases consoladoras que suenen a verdad, frases que, sencillamente, suenen... Tal vez no te atrevas a dejar la relación porque, amiga mía, eres una pedazo de dependiente emocional. ¿Que qué es eso? Te lo cuento rapidito y muy claro.

La dependencia emocional se cuece poco a poco, hasta que un día estalla como el tapón de una botella de champán al descorcharse.

Ser dependiente emocional significa dolor seguro e inevitable.

Ni reina ni reinona. Por mucho que quiera ocultarlo, la dependiente emocional tiene el aspecto de un cervatillo a punto de ser atropellado por un tráiler.

Delante de su pareja, sus ojillos chisporrotean ansiedad por recibir cariño y un suma y sigue de sentimientos supernegativos.

Desde luego, no tiene esa mirada zorruna de saber de la «mala vida».

Busca desesperadamente su dosis y siempre quiere más.

Si su autoestima fuera un coche, no pasaría ni de coña la ITV, terminaría en el chatarrero de un polígono de cuarta.

Las noches sin dormir y los días sin vivir son la norma para ella.

La irracionalidad domina cada paso que da en su relación de pareja.

El laberinto emocional al que se enfrenta es de dimensiones colosales, pero tiene salida.

Una vez explicado esto, la pregunta del millón es: ¿cómo saber si tú eres dependiente emocional? Muy fácil, te invito a hacer la prueba del algodón roñoso. Responde a estas sencillas pero inquietantes preguntas.

¿Cuántas cosas has decidido, pensado o hecho por ti misma en los últimos tiempos?

¿Aplicas (o te aplican) el chantaje emocional con la misma frecuencia y destreza que tu base de maquillaje?

Buscas por los cajones, en el cesto de la ropa, debajo de la cama. Miras como un camaleón, en todas las direcciones. ¿Acaso has perdido tu bienestar personal?

Sé sincera, ¿tienes un altar donde veneras a un solo dios verdadero: ÉL?

Ansiedad, angustia y desesperación ¿son la santísima trinidad de tu nueva religión?

¿Te mola estar con él y con... nadie más?
Cuando estáis juntos y aparece alguien en lontananza,
¿te comportas como esas vacas que espantan con
el rabo a las moscas que acuden a su trasero?

¿Buscas su aprobación hasta con la mirada cuando
te has puesto esa faldita tan tan corta?

¿Sientes que nada es suficiente a la hora de complacerle?

¿Te aterra estar sola, sin él?

¿No paras de echarle carnaza al ego de tu pareja?

Si has contestado «sí» a una sola de las preguntas, ya sabes, problema a la vista. La buena noticia es que ¡tiene solución!

ÁREA RESTRINGIDA.
PARA CONTINUAR, DEBES DECIDIR

Ahora que ya eres consciente del marrón que tienes encima, deshazte de él, ¡por favor! Y elige qué deseas ser más que nada en este mundo: una esclava dedicada a sacarle brillo a sus cadenas o una mujer abonada al puterío.

Si has dudado un nanosegundo en tu respuesta, ponte las pilas, cariño. Esta es la hora y el día de autosacarnos los trapos sucios, sin rabia, solo para ver hasta dónde hemos llegado, tomar nota y, si se puede, no repetir los mismos errores para mejorar. ¡El cielo es el límite!

Te propongo que escribas una lista con todas las porquerías que te han hecho o te están haciendo daño de tu relación. Justo al lado haz otra, esta vez con las cosas que te gustan y los planes que te molaría cumplir.

NOTA

En ocasiones, las listas pueden parecer tontas, pero son un punto de partida sencillo y muy socorrido para tomar consciencia de cómo la estamos cagando. Ah, y no vale con escribir sin más, también hay que darle un par de vueltas a la mollera. ¡Pensar nunca le hizo mal a nadie! Por eso es importante que admitas tus errores, confieses tu sufrimiento y valores el tiempo perdido

(que no volverá, **NO VOLVERÁ**.)

LISTA. ______________________________

____

____

____

____

____

Venga, ¡arriba ese corazón!
No te desanimes al contemplar el desastre, nena.
Recuerda que te he dicho que el problema tiene solución.
Allá va.

Si quieres dejar de ser una dependiente emocional, piensa en ti, quema tu altar, reniega de tu dios y ¡pon a enfriar una botella de cava! Más pronto que tarde brindarás por el maravilloso cambio que se producirá en tu vida. Mientras, recuerda, sal de tu zona de confort, intenta decir que no a todo aquello que hayas identificado como dañino para ti y refuerza tu autoestima (sí, soy una pesada, ya lo sé). Son tareas difíciles y, tal vez, no puedas cumplirlas de la noche a la mañana, me hago cargo. Cuento con que has dado lustre a tu fuerza de voluntad, que resplandece como un sol en un día de verano, y podrás con esto y mucho más.

CURIOSIDADES MARRDITAS

◆ Mi ex y yo rompimos y retomamos la relación unas cuantas veces. En una de ellas, él se enrolló con su mejor amiga. Fíjate tú cómo es la vida, mi madre ya me lo había avisado. ¡Si es que las mamás lo saben todo!

◆ En ese tira y afloja, él no comía ni dejaba comer. Era muy fuerte para mí verle rabioso de celos cuando yo ya había rehecho mi vida. Un psicólogo hubiera dicho que el suyo era un caso clarísimo de obsesión.

◆ Todavía me estoy preguntando cómo pasó, pero una de las veces que nos encontramos de fiesta nos enrollamos. Él por entonces tenía novia. Es decir, por algún tiempo fui la amante de mi ex. Un psicólogo hubiera dicho... ¡No sé qué coño hubiera dicho! Que estábamos tontos, seguro.

◆ Para curar mis penas de amor, me planto mi peluca, un gorro calado hasta el cogote y me voy de *shopping*. No necesariamente compro, y desde luego no lo hago compulsivamente. Mirar escaparates y echar un vistazo a las tiendas es la manera de que mi cerebro se embote y mi corazón deje de sufrir.

Y te preguntarás: ¿cómo he podido llegar hasta aquí? A base de tragarte muchas mentiras. Eso te ha pasado a ti y nos ha pasado a todas. Una de las miles de chorradas que nos han contado y nos hemos creído las mujeres es que después de una ruptura todo es sufrimiento y luto. Digámoslo de una vez por todas y antes de gastar más palabras: el amor romántico es el culpable de que creamos cosas como esta. Al amor romántico le van más los dramas que a un tronista los tatuajes.

EL AMOR ROMÁNTICO ES UNA TRAMPA, ¡QUÉ DIGO!, LA TRAMPA.

Para andar por este mundo y vivir como se debe —libre y a gustito—, hay que ver sus costuras, estirar bien el cuello hasta el boquete, calibrar su profundidad y estar muy al loro para no caer en ella. Si sabemos esto tendremos mucho, muchísimo ganado en nuestro camino hacia la felicidad. El hecho de darte cuenta del terreno por el que pisas es en sí mismo un paso importantísimo para salir adelante.

El desamor duele, no diré lo contrario, pero cuando decimos (o nos dicen) *bye bye*, muchas veces deberíamos hacer una fiesta. ¿A que sí? Es decir, los sentimientos que «se supone» que siguen a la ruptura son la tristeza y la culpa.

Pero, bien mirado, ¿no pueden ser la alegría y la esperanza? Cortar con una persona (o un malaje) no debería ser siempre y en todos los casos **TAN TAN TAN** traumático. Si yo hubiese sabido esto cuando tenía dieciséis años, otro gallo me hubiera cantado. Os lo digo así de claro.

El amor romántico y sus reglas estrictas nos dictan lo que debemos o no sentir hasta cuando rompemos con nuestro chico, y eso, mamasita mía, no mola nada. Su poder es tan grande y malvado como sus falsas expectativas y su capacidad de engaño. Romantizada hasta los tuétanos confundirás el norte con el sur y a un cabrón con pintas con tu hombre ideal. Ese amor con elevalunas eléctrico, interior *full equip*, que aúna elegancia y máximas prestaciones **NO ES REAL.** Nos lo vende como si fuera un coche de lujo y, una vez que lo hemos probado, nos damos cuenta de que no llega a ser ni la tartana del Chirri.

Te propongo un juego. ¿Qué forma te imaginas que tiene el amor romántico? Cuando tengas claro qué es para ti (un barco mercante, un pino, una lámpara de mesa), dibújalo y haz papiroflexia con ese dibujo: coge la hoja de papel de tu obra de arte, acumula mala leche y rómpela hasta que no veas los pedazos. Eso es lo que deberíamos hacer todas con el amor romántico.

PORQUE...

EL AMOR ROMÁNTICO ES VENENO PURO.

Con el amor romántico no vas ni a la vuelta de la esquina.

Si babeas por el amor romántico, lo llevas claro.

Si le prestas atención cuando te susurra en medio de la noche que no encontrarás a nadie igual que tu ex o que el primer amor nunca se olvida, estás más que jodida.

Por cada cosa que te dé, te quitará cien.

Te hará creer, con fe ciega, que una relación podrida huele a rosas.

Si te quieres pillar un colocón de aquí te espero, prueba su cóctel de la felicidad, una mezcla de entrega sin límites y sumisión.

Su canción es «desilusión, desilusión»; tú escuchas: «ilusión, ilusión».

Aprovecha tu confusión mental para ningunearte.

Te quiere arrodillada, y no es para lo que tú te imaginas.

Empoderada y fuerte, si la cosa se ha vuelto color de hormiga y la relación se hace insostenible: rompe. Os habéis querido, pero tú ya no sientes lo mismo o no sientes nada, directamente. Sabes que vas a hacerle pupa, puede que mucha, pero la intensidad del daño, una vez rota la relación, no depende exclusivamente de ti.

También tienes en cuenta que vas a recibir más *hate* del habitual. Te ves ya como la mala mujer de las pelis y de las canciones. Perooo... una de las claves para que la ruptura sea lo más pacífica posible (para ti sobre todo) es manejar de la mejor manera posible la culpa.

Para empezar, quien deja no siempre es un mal bicho. Por otro lado, no te sientas obligada a ser la colega de tu ex ni quien hable con él por teléfono a las tres de la madrugada para que te cuente lo hecho polvo que está desde que lo habéis dejado. Si ya no estás *in love* con él o no lo suficiente y no has repartido estopa, es tu decisión y estás en todo tu derecho: **ROMPE SIN CULPA.**

Otra cosa bien distinta es que te dé miedo romper. Cuando oigo a una tía decir «No me atrevo a romper con él», esta frase casi siempre va acompañada de una cara triste y una voz temblorosa. Hay que tener muy clarito este tema, nena. Si te sientes así a la hora de partir peras, no es que te dé miedo romper con él, **ÉL TE DA MIEDO.** Ya le has visto contrariado muchas veces y sabes cómo se las gasta: voces, algún puñetazo a una puerta o a la pared, tu cara contra la suya, con aspecto de rottweiler sin haber merendado.

Ni que decir tiene que hay que huir de estos tíos como de la peste. Ante un tema tan delicado, si no te ves con fuerza o te sientes muy atrapada o muy sola, pide ayuda especializada, corazón. En la medida de lo posible, no pierdas tu red de apoyo y piensa en ti.

La lista (¡otra!) que te he preparado a continuación es para el amor romántico lo que los ajos a los vampiros. Memorízala y ponla en práctica. ¡Conviértela en el alimento de tus neuronas!

Empieza a decidir por ti misma.

No te compares con nadie. Eres única.

Recuerda todas las cosas que has hecho y te han salido de puta madre. ¿Te visualizas, nena? Eres lo más cuando te lo propones.

No te culpes de tus errores. Ya habrá alguien que lo haga por ti, seguro. Déjale a él el trabajo sucio.

Ten muy claro qué es lo que quieres y qué cosas te gustan. Pon el turbo y ve a por ellas.

No busques la aprobación de los demás. Acepta opiniones, pero recuerda: tú tienes la última palabra.

Ponte metas, construye nuevos proyectos, muévete.

Intenta tener independencia económica y un espacio solo para ti.

NI PASIVA NI AGRESIVA, ¡ASERTIVA!

No te importe decir claramente lo que te gusta o lo que sientes. Si lo haces de manera amable, directa y respetuosa, no hay problema.

Si fueras una obra de arte (¡¡¡que lo eres!!!), te llamarías

Mujer abrazándose a sí misma.

¡ACHÚCHATE!

Las relaciones acaban por un montón de historias (algunas para no dormir). Por un engaño, ¿te suena?; porque cada uno está en una punta del país y no hay manera humana de que os veáis; también después de un tiempo os dais cuenta de que vuestros gustos sexuales son distintos; o puede que porque las relaciones entre vuestras familias sean lo más parecidas a Montescos y Capuletos. Sí, hay muchos motivos que llevan a la ruptura. Pero ¿y cuando las razones no son tan claras? Simplemente, poco a poco, la famosa llama se ha ido apagando. Tú ya sabes, mami: rutina, bostezos y pasión a 0. ¡Qué triste y qué pereza da todo!, ¿verdad?

Hay veces que la suerte ayuda y con un poco de buena cabeza la relación se puede dejar sin que nadie quiera tirarse por la ventana. Para eso hay que ser muy buena onda y tener la capacidad de sentarse a hablar y sincerarse. Eso es lo guay. A mí no me sucedió tal cosa, desde luego. Ya os he contado mi historia en el capítulo anterior. Al acabarse la relación, sentí que yo no había sido suficiente para esa persona. Por entonces, yo estaba muy confundida.

¿Y tú? ¿Has sentido ya esa especie de golpe de karate en los hocicos que te dan cuando todo termina? ¿Sí? Por eso es normal que te notes medio lela y desorientada. No duermes, no tienes hambre (o dejas temblando la nevera). Lo mismo te da ocho que ochenta. A ese estado catatónico hay que sumarle la pena. No solo por el palo que te han metido, cualquier cosa te deja KO, un mosquito que se estrella en el cristal de la ventana de tu habitación o una uña que se te ha partido. Quieres llamarle, gritar su nombre, verle un segundo, aunque sea por la rendija de una puerta. Ya metida de lleno en la Disneylandia del mal rollo, te encabrona viva pensar lo mal que lo has hecho todo.

Concédete un par de minutos para derramar tus últimas lágrimas por ese amor que no pudo ser. Recoloca tus pensamientos y alégrate, nena, ¡hay buenas noticias! El tiempo pasará y con trabajo por tu parte, un día aceptarás la ruptura y dejarás, por fin, que la luz entre en tu cueva. Saldrás de nuevo, te cuidarás, le harás ojitos a alguien... Ya sabes que él, para bien o para mal, fue importante en tu vida, pero todo quedó atrás y debes mirar el pasado sin dolor. Si las cosas van como deben, todo será así para ti en breve.

Eso sí, estudia mis trucos para sentirte lo mejor posible en las primeras etapas de la ruptura. ¡Todo en el próximo capítulo!

CONSULTORIO MARRDITO

> *Salí con un chico durante cuatro meses. Cuando cortamos, me di cuenta de que llevaba sin ver a mis amig@s exactamente el mismo tiempo. Ahora estoy sola.*
>
> **Teresa, 21 años.**

Teresa, eso nos ha pasado a todas. La pasión encendida de los primeros meses es lo que tiene, deja poco tiempo para nada que no sea satisfacerla. En esos momentos, el frenesí se dispara, la libido aúlla y la peste a queso de cabrales de los pies de nuestro amado nos parece Channel n.º5. Nos olvidamos del mundo porque necesitamos saciar a toda costa nuestro placer. Una parte de nuestro cerebro anda en esas; la otra, la del sentido común, sufre un apagón hasta nueva orden. ¡No es magia, es ciencia!

Céntrate, mamita. Estamos en tu **AQUÍ Y AHORA.** Si tenías buenas amigas, amigas incondicionales, de las de verdad, las vas a seguir teniendo. Te lo aseguro. Probablemente, ellas se han apartado, pero solo eso. Hacerse a un lado no es marcharse, querida.

Túmbate en un sillón cómodo, con el teléfono a full de batería, haz un pequeño barrido por tus contactos y atrévete a mandar algún wasap. Como comprenderás, no puedes esperar a que ellos te llamen. Algunos, los que son más sensibles o susceptibles, al verse desplazados, seguro que te tirarán alguna pulla. Tienes que estar preparada para eso, reina. Tómate el acercamiento con calma y apóyate en tu gente. Eso de que quien tiene una amigo tiene un tesoro es muy cierto.

En cualquier caso, esta es una lección que no estaría mal que recordases para futuras ocasiones. Nunca, por ningún motivo, dejes o desatiendas a tu círculo más cercano. Es más que probable que sea quien te sostenga y te acompañe cuando vivas tus horas más bajas. Puedes tener tus rifirrafes con este o con aquella de tu pandilla, con tu padre o con tu prima la de Cuenca, pero muy mal se tienen que poner las cosas para que ellos te dejen tirada.

Tengo ganas de decirle cuatro cosas a la chica con la que sale ahora mi ex (conocido en el barrio como Leo el Travieso).

Miguela, 25 años.

Miguela, doy por sentado que esas «cuatro cosas» seguro que son para taparse los oídos. Te entiendo, vaya por delante. De todos modos, pregúntate por qué sientes esa agresividad hacia ella. Ese es el punto, nena. Al hacerlo, ponte en su lugar, a ver qué cuerpo se te queda. Desconozco si habéis tenido algún problema. Voy a ser buena y a suponer que no, que has pasado el despechómetro con una nota muy alta y todo se resume en que vives una fase de ira demoledora.

Antes que nada, quiero que sepas que esa chica y todas las chicas de este jodido mundo son tus hermanas. Si piensas esto, si lo interiorizas bien, lo rumias, comprendes y haces de ello tu mantra favorito para el resto de tu vida, todo va a cambiar para ti a partir de ahora de manera más que radical en el buen sentido. Hay que desterrar la idea de que las mujeres somos enemigas, competencia pura y dura, poco menos que perras rabiosas rivalizando por machos alfa.

Dicho esto, la nena que sale con tu ex ¿a ti te ha hecho algo? No, ¿verdad? Pues si tienes ganas de decir cuatro cosas, escribe un rap y cántaselo al mundo megáfono en mano si hace falta. No se trata de hacerte superamiga de ella, o de ser su máxima fan en Instagram. Desde luego, no tiene por qué caerte bien, y puede que detestes hasta el aire que respira. Lo guay es comprender que ambas estáis en el mismo barco y que vuestra «unión» como mujeres es más valiosa e importante que todos los novios de esta tierra. Bastantes hostias nos da el mundo como para andar atizándonos entre nosotras.

Es muy probable que todos esos malos pensamientos te atormenten porque te comparas con ella. Que si mira que tiene más tetamen, que si más rubia y no nace... Vivir con inseguridades y con el metro en la mano no te llevará muy lejos. Las pajas mentales no dan gusto; céntrate, piensa y sé objetiva. Recuerda las veces que has sido tratada injustamente por otras tías y cómo te has sentido. Escuece, ¿verdad? Pues eso. Practica la empatía con ella a distancia y serás una mujer nueva.

> *Estoy obsesionada con mi ex, me he convertido en una espía a tiempo completo de su vida.*
>
> **Ainoa, 30 años.**

Me parto y me mondo con las obsesiones. ¿Es que todas tienen que ir por el lado chungo o qué? A la gente no le da por obsesionarse con ser feliz como una perdiz, por planificar diez viajes por año, porque el maltrato animal deje de existir en el mundo o conocer todas las clases de cefalópodos que hay en el reino animal. Qué va. A la gente le va la marcha y se queda toda loca con su ex. Pero qué pérdida de tiempo y de energía, joder. Es lo único que puedo decirte, Ainoa.

No, mira, te puedo decir más, no le revises sus cuentas de Instagram, Facebook o de donde demonios plante su jetamen a diario. ¡Qué digo! No revisar es quedarme corta. Apunta: **BÁRRELO DE TU MUNDO VIRTUAL.**

Mis recomendaciones de urgencia son estas:

Cada uno de los números de su teléfono es un desfiladero a la perdición. **ELIMINA SU NÚMERO**.

- Evita tentaciones innecesarias.
- Evita los lugares en los que sepas que vais a coincidir.
- Evita que te hablen de él.
- Evita todas las cosas que huelan a tu ex.

Sé que la teoría es muy bonita y que en la práctica no harás nada de lo que te digo, Ainoa. Por lo menos inténtalo, nena. Seguro que te merece la pena. Debes tener en cuenta que, si lo espías, tu cuerpo será un semillero de emociones muy negativas. Como hábito nocivo es comparable a fumarte diez cajetillas de tabaco diarias. Y mira tú por dónde que está demostradísimo que espiar es adictivo. Te sugiero que intentes controlar los impulsos que te llevan a querer saber más y más de tu antigua pareja. Repito: en la medida de lo posible, evita cualquier cosa que te recuerde a él.

> *La casa se me cae encima y noto que no pasan las horas: ¡estoy agobiadísima desde que rompimos!*
>
> **Lourdes, 27 años.**

Ya comenté que el gimnasio me salvó la vida. No voy a cansarme de recomendarlo. A ver, no tienes por qué ir a uno. Te puedes montar el tuyo propio en casa o salir con amigas y darle al *running*, por ejemplo. El caso es sudar como una cerda. Sentirte empapada siempre te reconciliará con la vida.

Notarte cansina después de una buena tunda de ejercicio sirve para levantar el ánimo y el cuerpo.

Por eso me gustaría que hicieses una pequeña prueba. Prográmate un rato de deporte, el que más te guste o te apetezca. El tiempo no debe ser inferior a treinta minutos. Intenta mantener esta rutina de lunes a viernes, por lo menos dos semanas. Y después me cuentas qué tal. Ya te digo yo que vas a sentirte genial. Si encima le das garrote a alguna lorzilla descarriada que ande por ahí suelta, ni te cuento.

Lo más importante: vas a conocer a tus hormonas de la felicidad, que son la compañía perfecta para cuando una está hecha un guiñapo de amor: endorfinas, dopamina y serotonina. Ellas te harán sentir el *flow*, ¡un colocón maravilloso! Evidentemente, haciendo solo sentadillas y cogiendo pesas no saldrás del hoyo, pero te ayudará muchísimo. Está más que demostrado por la ciencia, no es una ocurrencia marrdita. Así que hazme caso.

En el siguiente capítulo te doy unas maravillosas tablas de ejercicios que podrás hacer casi sin darte cuenta y en cualquier parte. Si tienes oportunidad de ir a un gimnasio, te lo recomiendo. A mí al principio me parecían lugares muy desangelados, en los que se respiraba unas dosis de testosterona poco recomendables para la salud. Nada más lejos de la realidad. La verdad es que puedes llegar a hacer amig@s y, si se da el caso, hasta ligar. En cualquier caso, ¡yo me lo paso pipa cuando voy al *gym*!

No puedo estar sola. Siempre necesito tener una relación. Si no la tengo, me siento vacía.

Pilar, 39 años.

«No puedo» es una expresión que no existe en el vocabulario marrdito, Pilar. Di mejor «no me da la gana» o «no sé». Si no te da la gana, allá tú. Cada uno sabe hasta dónde llegan sus fuerzas y sus limitaciones. Si no sabes, aprende cuanto antes a vértelas contigo misma. No miento si te digo que tu vida depende de ello, porque ESTAR SOLA ES EL PUTO ASUNTO. Estar sola es eso tan importante que nadie te ha dicho que es tan importante.

Estar sola da miedo, ya lo sé. Ese sentimiento de desamparo que acompaña a la soledad es común a perros, gatos, hombres y mujeres y todo bicho viviente que tenga un corazoncito en su pecho. Perooo ¡buenas noticias!: la soledad tiene su puntito guapo. Claro que lo tiene, si le quitamos ese halo de melancolía y sufrimiento con el que generalmente se nos presenta. No es cuestión de aislarse cual monje del Cáucaso, ¿vale?, pero sí de tener un tiempo en el que disfrutar de nuestra intimidad.

Siempre he creído que deberían enseñarnos desde el cole a estar solas, que es tanto como decir que así aprenderíamos a querernos. Asignatura de Autocuidados, así lo llamaría yo. Desde muy pequeñas, también deberían explicarnos que la vida es bonita (o una mierda) con pareja o sin ella. Que la apuesta no es a todo o nada. No quiero aburrirte, pero se me ocurre una larga lista de enseñanzas buenas.

Debemos echarle un tiento a la soledad y una manera guay de hacerlo es fijándonos en mujeres solas y observando cómo se desenvuelven, cómo es su realidad. Seguro que ni la mitad de tétrica y aburrida que nos imaginamos. Digo esto porque todos los referentes que tenemos de mujeres han sido y son tías con pareja: ennoviadas, casadas y/o, lo peor de todo, rabiando por estar en cualquiera de estas dos situaciones.

Es urgente aprender a estar solas. Disfrutar de nosotras mismas. Entendernos, comprendernos, conocernos y saber muy bien qué queremos. Si cuando estamos sin pareja nos sentimos infelices, perdidas y vacías, eso no quiere decir que la soltería sea la causa. Todo el mundo se siente así en algún momento de su vida.

Solas aprendemos a ser autosuficientes e independientes. Y eso, nena, ¡es lo más grande!

Cuando lo dejé con él, me sentí muy culpable. Él lo pasó muy mal. Incluso llegó a perder su trabajo. Yo no paraba de pensar que había sido la culpable.

Arancha, 17 años.

La culpa es una mierda de las dimensiones de Australia. Culparse es lo más narcisista que hay en esta bendita tierra y amuerma un montón, por cierto. Cuando nos culpamos estamos siguiendo la plantilla del amor romántico a pies juntillas y ganándonos todas las papeletas de la rifa «Se te va a quedar la cara como una puta hoja de acelga mustia».

Si nos remangamos y pensamos de otro modo, si rompemos la plantilla del amor romántico, con sus días de San Valentín, sus corazones alados y todos y cada uno de sus símbolos paletos, estamos a un paso de ser mujeronas libres y plenas, sin miedo a nuestros actos y sus consecuencias. Arancha, seguro que tuviste un motivo de peso para romper con tu ex. Eso es todo lo que debes recordar cuando saques el cilicio para fustigarte.

Dos cositas más, reina. Una prueba de lo dañina y lo inútil que es la culpa la vemos en esa fea costumbre de volver a la relación cuando esta ya se ha acabado. O lo que es peor, no dejarla por completo, solo amagar con partir peras. ¡Peligro! En estas idas y venidas puede haber manipulación y es fácil que caigamos en chantajes. Tenerlo en cuenta nos evitará muchas lágrimas de arrepentimiento.

En cualquier caso, recuerda que el mundo de las emociones es complejo y muchas de las relacionadas con la pareja están construidas sobre un estercolero de mitos, prejuicios y mentiras, a los que hay que hacer frente siempre que tengamos ocasión y valor para ello. Un poquito de esa inteligencia emocional de la que tanto se habla te vendrá estupendamente en una situación como la tuya, Arancha.

10 IDEAS PARA UNA VIDA 10

Capítulo heavy, ¿verdad? Toma aire y respira hondo. ¡Ánimo, nena!, recuerda que vamos juntas de la mano. Poco a poco, verás que tanta intensidad tiene su recompensa. Con esa idea en la cabeza, repasa lo visto en las páginas anteriores.

En muchos casos romper es difícil. Si lo intentas y no puedes, piensa por qué lo es en tu caso. Tal vez en esa respuesta encuentres el motivo por el que no funciona tu relación.

No perteneces a nadie.

El amor romántico es una cárcel de la que solo tú tienes la llave.

Valórate y vive tu independencia.

Asume que todo comienza y todo acaba.

Cuida de tus amig@s.

Si eres dependiente emocional, reconócelo y sal de ese pozo sin fondo. Será el mayor favor que te hagas a ti misma.

Practica la sororidad: empatizar con mujeres a niveles estratosféricos es sano y beneficioso. El mundo está cambiando gracias a nuestras alianzas.

Deja la culpa a un lado: no sirve para nada que no sea hacerte daño.

Ya lo sabes: el «para toda la vida» y la pasión sin fin se acabaron. Pasa de los malajes y, cuando lo hagas, que no te tiemble el pulso. Ponle al amor el listón muy alto. Llegado el caso, recuerda que con ese listón puedes dar hostias como panes a quien te toque las narices. Pero no lo utilices contra las mujeres. Nos quieren divididas, y no les vamos a dar ese gusto.

Abraza
el futuro violeta
y el puterío.

CAPÍTULO 3

LA AUTOESTIMA: CÓMO QUERERSE A UNA MISMA

Si has llegado hasta aquí, nena, doy por sentado que estás dispuesta a comerte el mundo y doblar su eje de rotación si hace falta. También entiendo que ya sabes que estamos en una fase avanzada del maravilloso (y doloroso) proceso de espabilar. Nadie dijo que fuera fácil, pero te aseguro que una vez superado sacará lo mejor de ti y va a ser hasta divertido. No te miento, todavía queda mucho tajo. Vamos a ello.

Contesta a este cuestionario para saber si has iniciado ya un cambio verdadero y transformador (¡yupi!) y te encuentras en cualquiera de las siguientes situaciones.

1. **Definitivamente, ¿has mandado a tomar por saco al gañán con el que no eras ya feliz en los últimos tiempos?**

2. **Has tenido suerte y cortaste con tu ex de común acuerdo. ¿Estás pensando tatuarte en la frente «Quiero ser feliz»?**

3. **No has tenido suerte y te han roto el corazón, hasta el punto de no sentirlo en tu pecho, sin darte**

explicaciones. ¿Dedicas gran parte de tu tiempo a planear cómo recomponerlo?

4. Sea cual sea tu caso, ¿has tomado la firme determinación de entregarte en cuerpo y alma al puterío?

5. ¿Quieres avanzar y no quedarte en un rincón de tu casa comiéndote los mocos?

6. ¿Dejaste de sentirte hace tiempo la protagonista de la canción de Karol G y Nicki Minaj?

7. ¿Has quitado todos los trapos que cubrían los espejos de tu casa? Ahora, cuando te miras en ellos, ¿vuelves a ver ese brillito molón en tus ojos y no necesitas kilos de corrector en las ojeras?

8. ¿Ya no duermes aferrada a la caja de pañuelos desechables y las últimas noches has hecho un par de pruebas piloto con el Satisfyer?

9. ¿Tiraste, por fin, a la basura todas las botellas de vino y de cerveza que amenazaban con convertir tu

cocina en una planta recicladora de vidrio y tu nevera está a rebosar de *smoothies* de brócoli?

10. **¿Te has encontrado a tu ex y la primera imagen que te ha venido a la mente no ha sido un kalashnikov? Increíblemente, ¿has podido comunicarte con él sin que volasen los cuchillos del reproche?**

Con una sola respuesta afirmativa puedes considerar que ya has dado un gran paso de giganta hacia una vida mejor y más plena. Créeme lo que te digo. Sin embargo, como te acabo de decir, todavía hay mucho camino por recorrer.

Para empezar, te sugiero que dediques tiempo a pensar en cómo has actuado hasta ahora, tus reacciones, tus palabras, tu modo de encarar la ruptura. Sin duda alguna, ese aprendizaje te servirá para el futuro y será un bagaje que nadie te podrá quitar. Probablemente, a lo largo de tu vida te encontrarás en esta situación más de una vez. Cerrar etapas no consiste en dar cerrojazo a la historia y tirar la llave al mar. Por otro lado, romper no significa romperse. Ahora estás en un momento muy delicado, pero tan bueno como otro cualquiera para hacer de tu autoestima un sayo y tirar millas hecha una reina. Por eso es crucial que comiences a cuidarte, mimarte y darte mucho rollo.

Para que estos primeros pasos nos lleven al camino del puterío, la verdad y la vida es necesario trabajar la autoestima. Quiero que tengas muy presente esta palabreja porque es una de las más importantes en el vocabulario vital de las mujeres. Ni el tratamiento de belleza más cariííííííísimo del mundo obra en nosotras los efectos de una buena autoestima. Construirse una autoestima —aunque sea con pico, pala y un candil— es tener más de la mitad de la vida asegurada a prueba de gilipollas y un buen refugio contra las tormentas del corazón y todas las que se empeñe en mandarnos el Altísimo.

Ahora lo importante es que te quieras y te apapaches a ti misma, aceptes tus defectos y potencies tus virtudes. Desde mi punto de vista, además, también es esencial que aprendas a quererte a través de los cuidados del cuerpo. Vaya por delante que cada cual puede hacer con sus carnes morenas lo que quiera. Esos cuidados no son más que tiempo para ti, una pausa, un disfrute, una alegría para tu piel y tus ojos. Yo os cuento mi experiencia, por si os sirve de algo. En las páginas siguientes va toda mi sabiduría sobre el tema, concentrada en unos cuantos consejillos.

INFALIBLES MARRDITOS PARA EL CUERPO Y LA MENTE

EXPRÉSATE

Estás fatal, lo sé, reconócelo. Para cambiar de onda, lo mejor es ponerse en plan «rica heredera», subirse al trono. ¿Qué hacen las ricas herederas para olvidar a las sabandijas de sus ex? Pues lo normal. Se montan en su jet y se van al fin del mundo. Si como a mí lo del jet te queda un poco lejos, invéntate un lema y agárrate a él como Tarzán a sus lianas. Mi gran lema es: haz lo que puedas con lo que tienes a mano. Sí, lo has adivinado, es el mismo que el de la cocina de sobras.

Justo cuando acababa de dejarlo con mi ex, me dio por grabar vídeos. En los meses siguientes al «estacazo», me convertí en la diosa de los monólogos y, fíjate tú qué cosa, me vine tan arriba, pero tan tan arriba, que pensar en mis monólogos y grabar mis vídeos me hacía sentir que podía meter en cintura, con esta boquita que tengo, a cualquier gilipollas que me tocase las narices o que se las tocase a cualquier mujer. Así de bestia es el poder de la mente. Por lo menos así funciona la mía.

Hacer mis *speechs* me dejaba suave como un guante de raso, porque me despachaba a gusto. Además, en ellos volcaba un poquito de la rabia que me acompañaba en ese tiempo y comencé a comprender todos los sentimientos que había guardado dentro de mí hasta ese momento. Verbalizar lo que me sucedió cuando lo pasé mal con mi ruptura rara me ayudó a identificar mis problemas y, cuando los exterioricé, se hicieron más pequeños.

Mucha gente cree que expresarse es sinónimo de dar la chapa. Cuando yo hacía mis vídeos, que al principio veían cuatro gatos, no me encontré con ese obstáculo. Solo estábamos la cámara y yo. Ahora no puedo decir lo mismo, a juzgar por el número de *followers* que tengo. Pero a lo que estamos: si sientes la necesidad, exprésate de la manera que sea. Puedes escribir un diario, recurrir al clásico de tirar de amigas o ponerte a hablar sola. Haz lo que más te apetezca, pero ¡brota! Si pones nombre y apellidos a tu dolor y le hablas de tú a tú, perderá su poder maléfico sobre ti.

GIMNASIO A TOPE

Como ya he contado, también me dio por machacarme en el gimnasio, tanto que se convirtió en mi segunda casa. El gimnasio merece un apartado especial. Recomiendo el gimnasio porque te pones jacona y la autoestima te sube como la cerveza con tequila. Intuitivamente, aprendí que el bajón es un estado químico y, como tal, puede modificarse, en mi caso con el deporte. Entre todos los extraños rituales para dejar de sufrir por amor, hay que elegir el deporte a *full*. Los otros, los de siempre, como anularse a base de copazos o comer hasta perder el conocimiento, solo estropean el cuerpo y nos hacen perder un tiempo precioso que podríamos aprovechar para estudiar a fondo un buen catálogo de juguetes sexuales para chicas o aprender sánscrito.

Anota, nena, por favor:
deporte, deporte y deporte.

Ya has pasado lo más duro, de aquí en adelante todo será más fácil. Canaliza esa energía moña que te sobra en florecer como un lirio de los valles. Cuando te han roto hasta la fibra más pequeña del corazón y te sientes muy tirada, hay que darle al cuerpo un poquito de lo que no tiene: adrenalina, energía, fuerza y vigor. ¡Busca donde sea esta poción mágica y gástala como si fuese el confeti en una fiesta! Hazme caso.

Por otra parte, los tiempos en los que vivimos corren a nuestro favor en cuanto a estilismos *gym* se refiere. Atrás y muy atrás quedaron los días en los que chandalizarse era cosa de paletos. La ropa deportiva mola. Si buscas cualquier tipo de equipamiento deportivo de ropa, calzado o completos, verás que lo que digo es cierto. Decántate por el que se acerque más a la fantasía pura. Dale al brillo y al colorinchi al más alto nivel. No habrás vivido hasta que no te embutas en una camiseta y unas mallas bien pegaditas y las sientas como una segunda piel. Si empleas un par de ratos en pensar en estilismos para quemar lorza, no lo harás en darle vueltas a lo bien que él te comía la boca. ¿No te parece?

Tal y como adelanté, he preparado unas tablas de ejercicios que pueden practicarse cómodamente en casa o en cualquier lugar tranquilo que te venga bien. Lo ideal es ser constante, es decir, practicar tres o cuatro veces por semana. Si en algún momento lo dejas y tardas en retomar los ejercicios, no te vengas abajo, no te desanimes y retoma las rutinas deportivas cuanto antes.

CULO DURO

Para tener el trasero como una piedra de gudari, te propongo estos ejercicios.

1. A cuatro patas, con los antebrazos apoyados en el suelo y la espalda recta, flexiona una pierna. Lleva la rodilla al pecho y extiéndela hacia atrás todo lo posible, con la punta del pie extendida. **Repite 10 veces** con ambas piernas. Al principio, con 5 repeticiones vas que chutas, seguro. Aunque desprecio la violencia, cuando hago este ejercicio me imagino que estoy dando una patada a alguien.

2. Las sentadillas. Sí, son un clásico. De pie, con la espada recta y los brazos extendidos hacia delante, bajamos con el culo en pompa. Las caderas y las rodillas deben formar un ángulo mayor a 60°. **Repite 10 veces.**

3. De pie, con las manos apoyadas en una silla, patea hacia atrás. No se trata de dar coces, ¿vale? Hay que llevar la pierna recta y subirla lo más posible. **Repite con ambas piernas 10 veces.**

TETAMEN ARRIBA

Siempre he sido muy consciente de que hay que cuidar muchísimo esta parte del cuerpo. Desde que me he operado el pecho, más.

1. Con los brazos extendidos a ambos lados, rótalos; primero hacia delante y luego hacia atrás. Repite lo que puedas, cansa...

2. Con las manos juntas a la altura del pecho, como si fueses a rezar, y los codos despegados del cuerpo, presiona las palmas. Calcula que cada presión debe durar al menos medio minuto. Repite 10 veces.

3. Busca dos paquetes de legumbres, por ejemplo (si tienes pesas especiales, mejor). En el suelo, bocarriba y con los dos kilos en las manos, lleva los brazos a la altura de los hombros. Repite 5 veces.

BRAZOS DE ACERO

Sí, el ejercicio básico que estás imaginando es el primero que deberías hacer para tonificar tus brazos.

1. Túmbate boca abajo y sin ahogarte en el suelo. Las manos deben estar colocadas a la altura de los hombros y ligeramente separadas de ellos. Las puntas de los pies son el segundo punto de apoyo. Y ya sabes, desde esta postura sube y baja todo lo despacio que puedas. **Repite 10 veces.**

2. Corre a la cocina a por los dos kilos de arroz del ejercicio anterior. Si tienes pesas especiales, mejor. De pie, flexiona un poco las rodillas. Sujeta el peso en cada mano como si fueras a hacer una ofrenda al Niño Jesús. Desde esa posición, sube el peso hacia los hombros. **Repite 10 veces.**

3. Busca una silla. Colócate de espaldas a ella con las manos apoyadas en el asiento. Desde esta posición sube y baja, con la espalda muy recta.

TABLETA MARCADA

¿Quieres abrocharte los vaqueros sin blasfemar? Apunta estos ejercicios.

1. De pie, sube y baja las piernas todo lo que puedas como si estuvieses corriendo. La espalda debe estar recta y los brazos acompañar a la marcha; no lo agites como si estuvieses pidiendo auxilio en un incendio. Empléate a fondo.

2. Tumbada bocarriba, sube las piernas hasta formar con el torso un ángulo de 90°. Intenta mantener la espalda lo más pegada posible al suelo. No vale sacar la lengua como un perro sediento.

3. No abandones el suelo (seguro que no puedes a estas alturas). Flexiona las piernas y pon las manos detrás de la nuca. Sin apoyar la cabeza en el suelo, flexiona el tronco.

Después de este pequeño entrenamiento, lo único que quieres es beber agua y ducharte. ¿Me equivoco? A lo mejor te animas y decides salir a correr. ¡Sería lo más! O tal vez se te pase por la cabeza dar un buen palo al frigorífico. ¡No, por favor!

NEURONAS EN ACCIÓN

Una de las partes más importantes de nuestro cuerpo es el cerebro. Habrá gente a quien esta afirmación le sorprenda, o piense que hay otras zonas de nuestra anatomía con mayor grado de preferencia. Podría dar nombres y apellidos..., pero no lo haré.

Como un músculo que es, el cerebro necesita entrenamiento. Esto que estás haciendo, por ejemplo, leer y conectar contigo misma, cuenta como ejercicio. Según los que saben de estas cosas, si al coco le damos todo el tiempo mala vida, es decir, malos rollos y recuerdos caca, en un pispás entramos en una espiral de negatividad que se retroalimenta y nos deja hechas leña. Así que eso de pensar en positivo tiene base científica y puede ser de gran ayuda cuando estamos instaladas en ese incómodo y extraño lugar que es el presente-pasado.

No solo debemos tener la actitud, también hay que demostrarla. La amabilidad para con uno mismo y con los otros, por ejemplo, abre el grifo de la buena química en nuestro cerebro. ¡Quién lo diría! Por eso es importante buscar hábitos y situaciones que te hagan sentir bien. Esto pasa por ampliar tu mundo, ver qué hay más allá de él. Ir a la discoteca y no salir de ella hasta que dan las luces y entra el equipo de limpieza nos deja nuevas; es una verdad como un templo y quien diga lo contrario miente. Con todo, nadar en un lago de aguas cristalinas o pasear en silencio por la montaña puede tener el mismo efecto vivificante. No nos va a pasar nada porque dejemos un momento las redes, las series y el trap. Desconectar del mundanal ruido es más que beneficioso para resplandecer. Puede que te dé un poco de pereza o como plan te parezca aburrido, pero, créeme, una vez que lo hayas probado, vas a querer repetir.

Por tanto, si hacemos caso a la ciencia hay que activar el optimismo. Si estás bendecida genéticamente con una buena dosis, ¡enhorabuena! Si eres de las que se lo tiene que trabajar, no sufras. Intenta controlar la negatividad, no dejes que las circunstancias y los acontecimientos te pasen por encima. Con pequeños gestos cotidianos, puedes llegar muy lejos en este aspecto.

Para que me entiendas, te pongo un ejemplo (sin que intervengan tíos, para no hacer sangre). Estás intentando mandar un wasap a tu amiga, pero WhatsApp ha decidido caerse esa tarde. Llevas horas desesperada, te subes por las paredes, no puedes más, te va a dar un parraque. Cada cinco minutos miras el teléfono. Ya casi no ves la pantalla de lo manoseado y babeado que lo tienes. Sudas ríos de maquillaje, que se deslizan por tu cara.

Tú decides, te apuntas a la desesperación y la rabia o tomas el control de la situación. Atenta a cómo cambia la historia si te decides por esto último.

Ya casi está anocheciendo y te sientas a ver lo bonita que se ha quedado la tarde. Tranquilamente, te das un paseo y saltas de una tienda a otra. Tienes el teléfono conectado y el mensaje escrito; si pasa algo, te enterarás. ¿Era cuestión de vida o muerte decirle a tu compañera de fatigas que no te habías podido comprar ese top tan *heavy* que habías visto en aquella tienda de moda y que otra vez vives ese drama infernal de no tener nada que ponerte el sábado? Un poco sí, pero hasta una información de vital importancia como esta puede esperar. Casi todo puede esperar. El teléfono no te va a pedir pan y los fregados tecnológicos no duran eternamente.

¿Para qué emberrincharse? ¿Para qué perder el tiempo en algo que no depende de ti? ¿Entiendes mi mensaje, nena? Seguro que sí; interiorízalo, cambia el rumbo y vive los dramas con una sonrisa. Pon a raya tu capacidad de elección y decisión practicando con los siguientes ejemplos.

1. Te estás duchando y comienzas a notar que el agua se enfría hasta alcanzar la temperatura de los casquetes polares.

a. Gritas y te provocas una bonita fisura en la garganta, esperando que alguien arregle el calentador del gas.

b. Gritas solo un momento, porque recuerdas que el agua fría tonifica la piel y es buenísima para reafirmar el pecho. Terminas tu ducha tiritando pero feliz.

2. Tienes cita en una superpeluquería que te han recomendado. Mientras te cortan el pelo, notas que algo no va bien. El resultado es una catástrofe de dimensiones descomunales.

a. Montas un pollo de aquí te espero, aunque no te cobran y te piden mil veces disculpas.

b. Hablas con la estilista y entre las dos buscáis otro corte de pelo que te guste más y te favorezca.

3. En Facebook has conocido a una monada con la que has quedado en un bar. No se presenta.

a. Le pones fino en su muro. Puto mierdero es lo más bonito que le dices.

b. Te interesas por el apasionante mundo de los martinis. Te tomas unos cuantos, que te hacen olvidar tu cita, y terminas siendo amiga del barman.

4. Tu vuelo se retrasa ¡una hora! Comienzas a dar vueltas como una peonza por la terminal, arrastrando tu maletoncio. De tanto subir y bajar el asa, te rompes una uña.

a. Te pones a hablar sola y, en un momento dado, te escuchas ladrar.

b. Te haces las uñas en un centro de estética del aeropuerto y sales de él relajadísima y con un bono de descuento para la próxima vez.

5. Has planeado un viaje de amigas para comprar ropa en Londres. Llevas más de un año detrás de esta escapadita. En el último momento, te surge un asunto de trabajo y te quedas en tierra.

a. Te pillas un rebote tan grande que terminas en el foniatra de tanto maldecir a voz en grito.

b. Les haces una lista a tus amigas con todo lo que quieres comprar. Como te has ahorrado el dinero del billete de avión, tu presupuesto ha aumentado. Haces un trato con ellas, hacen fotos de lo que ven y tú eliges.

VIAJA, VIAJA, VIAJA

Antes dije que las ricas herederas tiran de jet para olvidar. Dejamos el jet a un lado (por mucho que nos cueste), aunque este medio de transporte tan divino me da la pista de otro «infalible» más que recomendable para no trastornarnos con los recuerdos: poner tierra de por medio. Si son un par de continentes, mejor; si es un océano, ok; y si es un mar, pues vale.

Como ya te conté, mi familia tuvo que marcharse por trabajo a otro lugar y yo les acompañé. Al principio no me apetecía nada la idea de mudarme de ciudad. Había normalizado nuestros tiras y aflojas y pensaba que esa era una opción que teníamos como pareja. Ahora sé que la toxicidad de la relación con mi ex llegaba hasta esos extremos. Si me iba, todo aquello a lo que estaba tan atada, por muy malo que fuese para mí, se acabaría. Y, tal vez sin saberlo, yo quería que eso sucediese.

Pese a todo, hice mi maleta y me marché. Aterricé sin muchas ganas de nada, la verdad. Pero, no sé, cuando llegas a un lugar nuevo, la cabeza te va a otro ritmo. Seguro que a ti también te ha pasado alguna vez. Tienes las antenas puestas para todo. «Mira, ese bar para venir por la noche a tomarme un champán; una farmacia 24 horas; anda, un quiosco de los ciegos nada más salir de casa.» Mientras te haces el mapa mental del sitio nuevo y vas llenándote de energía buena y una fuerza maravillosa, el cerebro vacía la papelera de reciclaje y se relaja. Y, como muy bien sabes, eso es de lo más necesario para superar mierdas de amor y pasar página, o ¡cerrar el libro de un buen manotazo!

REVISA TU ARMARIO

Me encanta la ropa, no lo puedo evitar. Me encantan las marcas, tampoco lo puedo evitar. Y muero por hacerme mis propios estilismos. Estilismos de mañana, tarde, noche, madrugada y *after*. Cada momento del día tiene un *look*, o más de uno, según lo inspirada que me encuentre. No sé si lo consigo, pero a mí no me gusta parecerme a nadie en la forma de vestirme. Encuentro mucha inspiración en cantantes, actrices o modelos, pero nada más.

Quizá estés pensando que debo de gastarme un dineral en ropa. Bueno, solo diré que siempre intento tener presupuesto para ampliar mi armario. Por suerte, hoy en día hay ropa para todos los gustos y bolsillos, incluso los que están más vacíos. Ya tengas como plan ir al río de tu pueblo o a la discoteca más chanante de tu ciudad, por cuatro duros puedes hacerte sin problemas un *lookazo* perfecto para cada ocasión.

La ropa que más me va y más me pongo es muy urbana: mallas (las tengo de muchos colores) y camisetas; si estas últimas son con *glitter*, mejor que mejor. Ahora que soy propietaria de dos tetas maravillosas, no me corto a la hora de enseñar la parte proporcional de ellas que creo conveniente. Por eso apuesto por los escotazos y los tops ajustados. Entre los complementos, me flipan los taconazos, pero también las zapatillas con plataforma, las carteras de mano, algún que otro anillo grande y aros.

Con respecto a los colores, tengo devoción por el negro, que normalmente utilizo por la noche. También me flipan los colores potentes (amarillo y verde flúor y rosa chicle, por ejemplo) y los llevo durante el día. En este tema soy más bien clásica, pero tampoco es que los utilice de esta manera por una norma que siga a rajatabla. Así es como me gusta vestir y por eso lo hago la mayoría de las veces.

RECONCÍLIATE CON TU TOCADOR

Los tocadores tipo estrella de cine me alucinan. En ellos puedes verte en todo tu esplendor (o decadencia, según el día, claro) como la diosa que eres, pasar un buen rato maquillándote o hablando sola, si hace falta. A él le puedes contar tus penas sin que rechiste, hacer ensayos de cómo le cantarás las cuarenta a algún novio o... a ti misma. Habrá quien piense que hablarle a un espejo es de lo más patético. Puede ser, pero a veces es eso o volverte majareta perdida.

Con un buen espejo se hacen maravillas. Lo mismo se puede decir de un indispensable set de brochas y un neceser de maquillaje bien equipado. Mis rutinas de cuidados son fijas. Antes que nada hay que tener la piel perfectamente limpia (tónico y limpiador en mi caso). No te importe invertir un buen rato con alguien que te asesore en esta cuestión. Tu piel te lo agradecerá y esa información te ayudará durante muchos años. Hoy en día, algunas perfumerías y grandes almacenes, por ejemplo, prestan este servicio de manera «gratuita».

Una piel impoluta, brillante y aterciopelada pasa por llevar una alimentación lo más equilibrada posible. Si te compras cremas de quinientos eurazos y luego te inflas a chope y a cubatas, pues como que no. Curvi, espárrago o como sea que tengas tu cuerpo, cuida lo que comes. No soy partidaria de las dietas, sobre todo de esas milagreras, que siempre me han parecido muy peligrosas. Lo importante es estar atenta a no guarrear con la comida y controlar un poquito. Eso sí, date alegrías, que la vida es muy corta, nena.

En cuanto al gran dilema, ir con la cara lavada o no, yo pintada, no sé, noto que brillo más (¡¡si es que eso es posible!!). Lo tengo claro. Para mí, el «maquillaje natural» no existe. Si te maquillas, lo natural ¿para qué lo quieres? Estar una hora dale que te pego a la brocha y al *eye liner* para que no se note nada de nada, ya ves tú qué gracia tiene; no lo he entendido nunca. A mí me van los brillos, el pómulo marcado, los labios reventones y los ojos con efecto ahumado.

Por último, cuando me maquillo, tengo en cuenta el lugar al que voy a ir y la hora. Ah, y sobre todas las cosas, las ganas que tengo o no de pintarme. Si un día me levanto revenida y noto las manos así como vagas y tal, salgo a la calle sin una gota de nada en la cara. Para eso se inventaron las gafas de sol. Aunque sean de chichinabo, unas buenas gafas negras que tapen bien te arreglan el careto.

CURIOSIDADES MARRDITAS

De pequeña me dieron una pedrada en la boca y, como recuerdo, tengo la marca de un punto de sutura en el labio superior. Una de las razones por las que me inyecté en los labios ácido hialurónico fue para mitigar esa señal.

Como soy de la opinión de que todo se puede mejorar, también me he retocado la nariz. No es que me disgusten sus proporciones, pero la veo algo picuda. Con el arreglito desapareció un surco vertical que «adornaba» mi napia desde siempre.

Otro retoque: el entrecejo. Con un buen chute de botox en esta zona, dejé de parecerme al Pitufo Cascarrabias. Ahora, por más que me enfade, esas arrugas de la frente no hacen su aparición.

Cada cierto tiempo me inyecto un cóctel de vitaminas en la cara que nutre e hidrata. Desde siempre tengo manchas en el rostro y este tratamiento me va muy bien. Por eso casi siempre voy maquillada, para disimularlas.

PELOS Y PELUCAS

Para mí hablar del pelo es hablar de pelucas. ¡Me pirran!, lo reconozco. Mi afición por ellas se la debo a mi madrina, la Marquesa, que fue la persona que me regaló la primera y me ayudó lo que no está escrito en mi camino de redención. La peluca gris en degradado es una de mis señas de identidad, ya lo sabéis. Con ella me siento totalmente marrdita, no lo voy a negar. Parece que tenga poderes y me suma años, pero me encanta para cuando no me quiero peinar. Pensarás que es un marronazo colocársela, pero qué va. El proceso es de lo más sencillo. Primero me hago un moño, después me coloco una redecilla para que no se suelte ningún pelo que pueda verse, me la peino y ¡a correr! De todos modos, con un moño alto o una buena coleta bien estirada, de esas que te dejan hasta dolor de cabeza, también me siento divina.

Hay mucha historia con el pelo, reconozcámoslo. Para empezar, en el apartado de tonterías varias está la opinión de aquellos que creen que con el pelo largo las chicas lucimos más femeninas. Ya ves tú qué cosa. A ver si se entera el personal: lo femenino está en la cabeza, pero dentro de ella. Cada cual interpreta ser mujer a su manera y desde luego no suma puntos ir más o menos veces a la peluquería. Yo amo mi melenón y me veo superbién con él. Pero, vamos, todo lo que puedo decir sobre este tema es que cada una lleve el pelo como le dé la realísima gana.

Por cierto, una de mis debilidades son los gorros. Ideales para derrochar estilo, calados hasta el cuello esconden los desastres físicos de las noches de juerga y son el mejor complemento para pasar desapercibida. Entre los que más me gustan, el cubanito de tela o de charol. También tengo una buena colección de gorras deportivas y gorros de montaña. Aunque no son mi estilo y no tengo ni una en mi armario, me encantan las pamelas tamaño XXL. Bonitas como ellas solas, pero poco aptas para la vida real.

MANICURA

Este es uno de mis secretos mejor guardados: si no llevo hecha la manicura, me siento desnuda. Con mis «garras», el poderío sube unos enteros. Así soy yo, nena. Unas uñas de un color subido o más discreto, tipo porcelana, y decoradas con unos diamantes falsísimos me alegran el día. Cuando me las hago, me dan mucho subidón. Para llevarlas así de manera natural hay que tener mucha paciencia y bastante suerte para que no se te rompa una. Como carezco de las dos cosas y siempre voy a lo práctico, me las pongo de gel. Para mí es el invento del siglo: son muy duraderas, más resistentes que las naturales y, además, te aseguras que todas sean iguales, del mismo tamaño y forma.

Y si hablamos de forma, ya sabéis que hay toda una gama para elegir. Ovaladas, almendradas, rectas, *stiletto*, cuadradas... A mí me chiflan las cuadradas y larguísimas, que son las que más llevo.

Hay mucha gente que las considera feas y horteras y son, precisamente, quienes me preguntan hasta el aburrimiento si este tipo de uñas son cómodas, si me puedo lavar el pelo o teclear en el teléfono. Ya hay que ser chorra... ¡Joder, es fantasía! ¡La fantasía nunca es incómoda! ¿Es para un rato? Sí, por supuesto.

BISTURÍ MÁGICO

MUY IMPORTANTE. Como en todos los apartados de este capítulo, repito, cada cual que haga con su *body* lo que quiera. En cuestiones de cirugía estética se impone NO JUZGAR.

Yo al bisturí le tengo respeto, pero no miedo. No hace mucho me operé el pecho. Y vas a preguntarme: ¿por qué? Porque sí, para verme mejor. Lo primero que debo decir es que estoy muy contenta por todo lo que he vivido con este tema. Desde que anuncié que iba a operarme he tenido muchísimo apoyo por parte de mis fans y de toda mi gente. Y eso, créeme, es importante.

Si vas a hacerte cualquier tipo de intervención, es de obligado cumplimiento que sea siempre en un lugar seguro, homologado, y si tienes referencias de quien te opera, mejor que mejor. Desconfía de los centros en los que te oferten un precio muy bajo o estén ubicados en lugares que te parezcan extraños para realizar una operación de estas características. ¿Que vende bocadillos, hacen tatus y leen el tarot? Malo. Una intervención, por muy pequeña que sea, es algo muy serio y debemos hacérnosla con todas las garantías.

En mi caso, al informarme de cómo es todo el proceso, me dijeron claramente el precio, que me pondrían anestesia general, y que el tiempo estimado de recuperación sería, más o menos, de una semana. Pero, vamos, esto último varía en cada caso. Es muy importante tener una buena comunicación con el cirujano o la cirujana. Lo ideal es salir de su consulta sin una sola duda y, en caso de que te surja, planteársela inmediatamente para tener una respuesta clara.

Una de las primeras recomendaciones que te hacen los médicos es que para tomar una decisión en todo lo referente a cirugía estética, siempre es necesario tener en cuenta tu estatura y tu pecho. Yo les expliqué que quería una 90 C, 375 cc, prótesis redondas, ni muy natural ni muy artificial. Como veis, tenía una idea muy clara de mi pecho ideal. Por supuesto, escuchar su opinión fue importante.

De la operación en sí, poco puedo contar. La anestesia ni la notas y de todo lo demás ni te enteras. Hay quien le tiene mucho miedo a la anestesia. Insisto, una buena comunicación con el personal de la clínica hará que todos tus temores desaparezcan de un plumazo. Dicho esto, te aseguro que es el dinero que mejor he invertido hasta la fecha. Entras plana al quirófano y te despiertas con dos tetas. ¿Qué más quieres?

Pero no todo es de color de rosa, claro. El postoperatorio no es una juerga. Te sientes dolorida, con calambres, una ligera presión en el tórax, cuesta un poquito respirar y hay que medicarse (cosa que te deja un poco grogui). Pero, vamos, día a día te encuentras mejor y enseguida estás haciendo tu vida normal. Te recomiendan un mes de reposo, no hacer esfuerzos ni coger peso, lo lógico.

¿Que si estoy satisfecha con el resultado? Sí, mucho. A esta operación le doy dos ***likes***, ¡uno por cada teta!

CONSULTORIO MARRDITO

Tengo el pecho muy pequeño. Me da corte ponerme ropa ajustada e ir a la playa.

17 años, Rosario.

A las mujeres se nos pide que tengamos un cuerpo perfecto, y todas sabemos muy bien cómo es ese cuerpo: un puto espantajo imposible. Cuando eres muy muy joven y no cumples con esas medidas, puede que lo pases bastante mal. Eso es lo que yo creía hasta hace muy poco tiempo, pero me he dado cuenta de que ese agobio lo sienten ¡mujeres de cualquier edad y condición! Y esto no puede ser. Es un tema que debemos resolver individualmente y todas juntas. Nos toca a nosotras decir BASTA YA.

La pornografía nos ha enseñado que las tetas grandes son lo que les gusta a los tíos. Parece mentira que tengamos que recordar algo tan obvio como que ese mundo no es en el que vivimos. PORQUE ESE NO ES EL MUNDO EN EL QUE VIVIMOS, JODER. Vale la pena preguntarnos si queremos tener las tetas más grandes o no porque así se nos pide o porque nos apetece a nosotras. Qué fácil es decirlo, ¿verdad?

Tetillas o tetazas sienten igual una caricia, propia o ajena. Y en cuanto a belleza, ya sabes, todo es del color del cristal con el que se mire. Te sugiero que aumentes tu autoestima y te rijas por tus propias ideas y gustos. Sé que es difícil, pero no te compares. Si se meten con tu aspecto, pasa de la gente, o diviértete y ten preparada una batería de respuestas que deje loco hasta el más pintado.

¿BUSCAS ALGUNA «RECETA» PARA IR A LA PLAYA CON EL CUERPO PERFECTO?

1. Asegúrate de tener un cuerpo.

2. Vete a la playa cagando leches.

Todo el mundo me dice que tengo mucho carácter y soy rara. Eso me trae problemas a la hora de tener pareja. Tengo miedo de quedarme sola para siempre.

Lluc, 26 años.

Esta consulta daría para un libro entero y, al mismo tiempo, no tiene respuesta. O bueno, la respuesta la tienes tú. De todas formas, no me equivoco si digo que seguro que ya le has dado muchas vueltas a este tema. Lo sé porque es uno con los que más nos castigamos las tías, aunque también los tíos. Esa cantinela de «me da miedo quedarme sola» la he oído muchas veces. Y, claro, yo misma también he tenido ese temor.

Nena, lo que estás haciendo es maravilloso. Es decir, te cuestionas la vida. Te importas, te quieres. Eso, por un lado. Por otro, ese recelo a quedarte sola es el que tiene la mayor parte de la gente a lo largo de toda su existencia. Me cuesta pedirte esto, pero lo hago porque sé que ahí está la clave del asunto: ten paciencia.

En cuanto a tener carácter, estamos en lo de siempre. Hay que traducir lo que de verdad quieren decir esas frases taaaaannnn cansinas. Cuando alguien nos salta con que tenemos mucho «carácter», casi siempre significa que somos autónomas, pensamos por nosotras mismas y no nos dejamos intimidar fácilmente. Si tú eres así, Lluc, conserva esa manera de ser. Con ella llegarás muy lejos, aunque haya quien intente hacerte ver todo lo contrario.

No me depilo. Yo no veo ningún problema en ello, pero me han dicho de todo por eso, y cansa. Para mi última pareja era un suplicio verme con pelos.

Aurora, 23 años.

Nena, déjame decirte que no tienes un pelo de tonta. Pues claro que no hay problema en dejarse el pelamen. Lo que tú haces de manera natural y sin darle mayor importancia —no seguir la norma— es muy muy difícil. Entiendo que te canse, pero es el precio que tenéis que pagar las que no os dejáis engatusar por las modas o por las normas establecidas. En algún momento, ese cansancio tiene su recompensa; la tranquilidad que da que todo te importe un pito es la más inmediata.

Este tema tiene mucha miga. Cada imagen de mujer que vemos y cada mujer que tenemos a nuestro alrededor ¡no tiene pelos más que en la cabeza y las cejas (si acaso)! Todo lo demás, lleva la etiqueta de GUARRA. Eso nos pone las cosas muy difíciles a la hora de decidir no depilarnos.

Es lógico que tu pareja no entienda que no te depiles. Ni siquiera muchas mujeres lo entienden. Lo que significa que todos estamos metidos en el mismo hoyo. Supongo que es una cuestión de acostumbrarse y darle toda la normalidad posible al asunto. Habla con él despacio y a ver qué pasa. Si te sigue poniendo pegas, ¡puerta!

Peso 100 kilos, me he sometido a dietas, pero no consigo adelgazar mucho. Decir que sufro y lo paso mal es poco. La mirada de la gente me hace sentir monstruosa.

Elisa, 25 años.

Los temas de nutrición asociados a tanto sufrimiento son un problema que hay que resolver con especialistas, no me cabe la menor duda. Si esos kilos no te permiten tener una vida «normal», lo mejor es que acudas a ellos. A veces, la fuerza de voluntad no es suficiente para afrontar determinadas situaciones que nos atormentan.

De todos modos, hay que reflexionar mucho sobre este tema. Tu consulta me hace pensar en esos cuerpos que vemos cada día, a cada minuto, en el teléfono, las revistas o la tele. Retocados hasta decir basta para un plano o una foto. Por mucho que nos hayan dicho, y se empeñe quien se empeñe, los cuerpos no están en este mundo para ser bonitos o tener como único objetivo exhibirse. Nuestros cuerpos no viven congelados en esos planos o en esas fotos.

Todo lo que nos han enseñado sobre este tema es un cúmulo de despropósitos e imposibles que las mujeres pagamos con nuestra salud y hasta con nuestra propia vida. En tu caso te diré que la gordofobia es un mal tan dañino como tener el colesterol a 900. Hacernos sentir inadecuadas o inferiores por usar tal o cual talla debería estar penado.

Cuidarnos también es aceptarnos y no tolerar que se nos cosifique y que solo se nos vea como un trozo de carne.

Llevo pantalones muy muy cortos y no hay día que no me digan burradas por ello. Siempre que me los pongo llego a mi casa cabreada.

Martina, 18 años.

¿Quién no ha vivido eso, Martina? Pasan los años y, en este tema, parece que todo sigue igual. Digo «parece» porque hay algo que sí ha cambiado: la actitud de las mujeres al afrontar ese intento de humillación macarra.

Déjame decirte que todos, hombres y mujeres, hemos aprendido que las tías que llevan poca ropa van pidiendo guerra, no tienen personalidad y son poco menos que un juguete. Mujer sin ropa=mujer que no hay que respetar. Estos mensajes los tenemos tan metidos en el coco como que el fuego quema y es peligroso acercarse a él, o que cuando abres un tarro de nocilla no dura un día entero.

Intuyo en tu consulta que muchas veces has pensado en cambiar tu modo de vestir. ¡No lo hagas! Lo único que debe cambiar es ese tipo de educación y la violencia que se ejerce contra nosotras con el fin de anularnos. Mientras llega un nuevo mundo en el que no tengamos que oír animaladas, tener miedo o vergüenza por enseñar cacha, aprende a defenderte y no varíes ni un ápice tu rumbo, nena.

Me encantan los labios gruesos y muy carnosos. Quiero hacerme un aumento de labios, pero estoy un poco perdida en el tema.

Iris, 30 años.

Me has tocado mi punto débil, Iris. Las que me conocéis ya sabéis que me encanta la boca tal y como tú la describes. Todo lo que dije con respecto al aumento de pecho sirve para el de labios. Regla de oro: busca un centro serio y de confianza e infórmate muy bien de todo el proceso y su precio.

Para empezar, lo primero que debes tener claro es qué quieres realmente. De este modo elegirás sin problema entre los distintos tratamientos que existen. Uno de ellos consiste en la infiltración de ácido hialurónico, un relleno de los labios de manera temporal. Quizá hayas visto publicidad de este tipo de técnicas y tengas la idea de que es dolorosa. Nada más lejos de la realidad. A ver, que te acerquen una aguja a la cara no es un plan muy agradable, pero la verdad es que los pinchazos casi no se notan y el rellenado no suele durar más de quince minutos.

En estética, este aumento de labios es muy agradecido. Los resultados se ven rápido (24-48 horas) una vez que se han desinflamado. Otra ventaja es que, bien hecho, no tiene efectos secundarios y los riesgos son mínimos. Existe una opción diferente, un rellenado definitivo, que consiste en una intervención quirúrgica en la que se implanta silicona (en un labio o en los dos). No requiere ingreso en la clínica y la cirugía dura entre media y una hora.

Ya sé que soy muy pesada, pero insisto: infórmate bien, ten las ideas muy claras con respecto a lo que quieres y elige un centro serio para estos tratamientos estéticos o cualquier otro.

10 IDEAS PARA UNA VIDA 10

1. Has comenzado una nueva vida (o algo así): piensa a lo grande cómo quieres que sea.

2. Planea un viaje e ilusiónate con él.

3. Cuídate, haz deporte, come sano; pero no todo el rato...

4. No te compares con nadie.

5. Activa tu mente, dale caña.

6. Tu cuerpo es un templo, cuídalo.

7. **Viste como te dé la realísima gana.**

8. **Péinate como más te guste.**

9. **Maquíllate (o no) como quieras.**

10. **No sufras innecesariamente.**

Para cada persona el autocuidado es diferente, pero yo te sugiero una combinación ganadora: atiende a tu cuerpo y a tu mente. El autocuidado no solo consiste en maquearse y frecuentar la peluquería. También debes tomarte un tiempo para mejorar tu estado emocional, relacionarte con tus amistades o motivarte intelectualmente. Si tomas estos ejercicios tan especiales como rutina, tu vida mejorará muchísimo.

CAPÍTULO 4

VOLVER A SALIR. ¿ES AMOR O SOLO QUIERO ACOSTARME CON ÉL?

Una vez superado ese gran barrizal que es el desengaño amoroso, nuestro objetivo es reencontrarnos con nuestra gente y conocer a mucha más. Aquí estamos. En la línea de salida, como esas corredoras poderosas que miran al horizonte visualizando la meta y la victoria. Y te preguntarás: «¿en qué consiste esa victoria en mi caso?». Pues nada más y nada menos que en ser feliz hasta que se te abran las carnes. Por fin estás en ese sugestivo y alocado momento en el que, enfocada totalmente hacia el placer **(TU PLACER)**, abrazarás de manera urgentísima todo lo bueno que te mereces y te ofrece la vida. Así que, da unos cuantos saltos, estira bien las piernas y saca pecho (si te lo has operado como yo, ahora puedes). Preparada, lista, **¡YA!**

Dándole vueltas al tema de volver a salir, se me ocurre que uno de los gozos más flipantes de los que podemos disfrutar es estar con nuestros colegas, zascandilear y hacer planes con ellos. Y cómo no, también mola relacionarnos con otras personas, conocerlas, o mirarlas sin más, imaginar sus vidas, intuir que podrían formar parte de la nuestra... No me digáis que no, así empiezan los tonteos más memorables.

Sí, ya sé que después de tener malas experiencias amorosas se nos queda el cuerpo como a esos perrillos que han sido maltratados y no paran de temblar. Os diré una cosa. El amor, el buen amor; el cariño, el buen cariño; el sexo, el buen sexo, y la amistad, la buena amistad, son la cura para todos nuestros males pasados. La cuestión está en tener una pizca de suerte, mucho ojo (que no desconfianza) y ganas de volver al mambo.

Si todavía no estás preparada o simplemente no te apetece salir con nadie o tener un rollo, no pasa nada. Date tu tiempo, con tranquilidad las aguas volverán a su cauce; entendiendo «cauce» como hacer lo que más te convenga. En cualquier caso, ve a tu bola. En algún momento sentirás la llamada del instinto a cobro revertido. Ya lo verás. Hazme caso y atiéndela al primer tono.

Quizá has fichado ya a alguien, tal vez ese chico con el que te topas todas las mañanas. Un día, de pronto, te lo encuentras en el garito que ambos frecuentáis sin saberlo. Os acercáis, te da la risa floja, habláis y sientes el pavo más subido que cuando tenías quince años. Sois dos desconocidos. Piensas que la relación puede que tenga un recorrido muy muy corto. Una noche, a lo sumo unas horas. ¿Tienes dudas? Lo entiendo. Aun así, la novedad y el riesgo te hacen sentir viva de nuevo y te dan un chutazo de energía (aquella que te faltaba con el cafre de tu ex).

«¿Qué hago?», te preguntas, «¿tirarme al vacío sin red y correr el riesgo de darme un buen castañazo?». Un momento, si has dicho «tirarme», ¡es un síntoma de recuperación! Bromas aparte, si sabes lo que quieres y cómo lo quieres, todo lo demás irá rodado. Dejar las cosas muy claras desde el principio (contigo misma y con quien vayas a estar) te asegurará que no haya malentendidos.

PARA SABER SI ESTÁS PREPARADA PARA TENER UNA NUEVA RELACIÓN, SEA ESTA DEL TIPO QUE SEA, CONTESTA SÍ O NO AL SIGUIENTE TEST.

1. **Te notas relajada, no sientes esa antigua rabia perruna que no te dejaba vivir.**
2. **Tienes casi casi la seguridad de que has aprendido de todas las cagadas que hiciste y te hicieron en tu más que pasada relación.**
3. **Disfrutas de tu soltería y no lloras por las esquinas cuando ves a una pareja cogida de la mano.**
4. **Te sientes bien sola, pero no te importaría tener un amigo con derecho a roce sin rasguños.**

5. Ya no piensas en tu ex. Solo tienes algún que otro pensamiento tonto que espantas haciendo ojitos a esa monada que has conocido hace muy poco tiempo.

6. La palabra «despechada» no te suena a nada últimamente.

7. No comparas a tu ex con cada chico que se cruza en tu camino.

8. Confías de nuevo en la gente.

9. Tienes clarísimo qué buscas en una nueva pareja.

10. No te obsesiona tener un nuevo novio.

SI HAS CONTESTADO «SÍ» AL MENOS A SEIS DE LAS CUESTIONES, ¡ESTÁS PREPARADÍSIMA PARA EL ROCK AND ROLL!

Has estado triste, decaída, con pocos estímulos, ¿me equivoco? Bueno, permítete ahora regalarte un momento excitante, sin complicaciones, sin pensar en qué pasará ni qué dirán. Déjate llevar. ¡Vive! En cualquier caso, no te sientas mal por acostarte con un tío una noche si te apetece. Por mucha mierda que nos hayan metido en la cabeza a las mujeres con este tema, recuerda que eso no te hará mejor ni peor persona. No te coloca en ningún lugar excepcional, y no dice nada de ti, ni bueno ni malo. Solo estás ejerciendo tu libertad sexual, un derecho que también tenemos las mujeres.

No hace tanto (¿ahora?), ser mujer y expresar esa necesidad natural estaba/está muy mal visto. No entraré a valorar las causas, pero vamos, podemos apuntar con nuestras afiladas uñas al machismo. Para contrarrestar su efecto maléfico, debes tener muy claro —y cuando digo claro me refiero a cristalino— que eres dueña absoluta de tu cuerpo y de tu sexualidad y tienes derecho a tomar tus propias decisiones en este tema.

Si actúas con libertad, la victoria de la que te hablaba será tuya. A medida que cojas impulso y corras a buen ritmo para alejarte del sufrimiento y el dolor, sentirás respeto por ti misma y, muy posiblemente, te lluevan las propuestas amorosas.

CURIOSIDADES MARRDITAS

◆ Yo he estado muchísimo tiempo sin enrollarme con nadie y no me ha pasado absolutamente nada por eso. No me han salido ronchas con pus ni nada por el estilo.

◆ Alguna vez me han preguntado que con cuantos tíos me he enrollado. A ver, yo no voy por el mundo con un libro en el que apunto mi número de ligues. Así que a esa pregunta solo puedo contestar que ni idea.

◆ A los que sí recuerdo son a los chicos a los que quise mucho. Por no dar muchas pistas, diré que se cuentan con los dedos de una mano y sobran dedos.

◆ Otra pregunta que me hacen mogollón de veces es cómo me gustan los hombres. Respuesta: guapos, inteligentes y multimillonarios. ¡No te digo!

Se me ocurren miles de buenas razones por las que apostar por un rollo sin compromiso, sexo por sexo. Desde las puramente fisiológicas (el estrés se va a la porra, la sangre fluye violenta y alegremente, duermes mejor, ¿a que sí?) hasta las psíquicas (¡qué coño, te sientes de maravilla!). Ser una perra está muy bien, porque puedes tener relaciones con todos los chicos que quieras sin sentirte mal por ello. Pero, cuidado, no enmascares nunca atracción por amor para no ser considerada una guarra. Actúa sin culpa y sin vergüenza, solo a ti te incumbe a quien metes en tu vida y en tu cama.

Perooo si eres de esas que no se dejan llevar y te comes la cabeza cada cinco segundos después de tener un rollete, ve a tu ritmo. No hay nadie en este mundo que te conozca mejor que tú misma. Haz caso a tu intuición y escúchate. Te sugiero que no tengas prisa por ligar. Ahora es tiempo de cuidarte.

¿Este no es tu caso? ¿Ha ocurrido, os habéis enrollado? ¡Vale, que no cunda el pánico! Es solo sexo, dices. ¿¿Y te parece poco?? Puede que él insista en repetir, con llamadas y mensajes, y te ponga toda loca diciéndote que eres una mamasota divina. Tú ya sabes cómo va esto. Haz lo que te pida el cuerpo. Las relaciones se construyen por lo que se hace en la cama, pero también por lo que se hace fuera de ella. Si él solo quiere follar y tú también, perfecto. Todo lo que hagas de pleno consentimiento, va bien. A la mínima que algo te chirríe o no te sientas a gusto, ¡tarjeta roja!

NOTA. La atracción física nos arrastra a un mundo extraordinario, pero, a veces, cuando volvemos de él, despelucadas y eufóricas (si todo ha ido bien), echamos en falta ternura y cariño. El paso del rollo a una relación con más implicaciones depende de muchos factores y de ambas partes. Tómate tu tiempo cuando vayas a darlo en firme.

Pasan los días y comienzas a sentir algo, que no sabes muy bien cómo definir. Estás a gusto con este nuevo chico, no lo niegas. Con todo, te preguntas: «¿es amor o solo quiero acostarme con él?». Nena, tal vez este no sea el tiempo de pensar y sí el de sentir. No digo que no vayamos con precaución y analicemos las cosas, pero dejarse ir (teniendo remos y flotador cerca) es maravilloso, ¿a que sí?

Os estáis conociendo y, en ese proceso, no puedes dar respuesta a muchas de las preguntas que te surgen. El paso de los días y los meses hará que algunos de los interrogantes que hoy te planteas tengan contestación. Por otra parte, debes prepararte para que tu pareja solo quiera ser tu follamigo. Tal vez no coincidáis en vuestros sentimientos y las expectativas de vuestra relación sean diferentes. Ya sabes, mente fría y, cuando veas comprometido tu corazón, inicia una elegante retirada.

Te estarás preguntando: ¿cómo diferenciar amor de puro sexo? Contesta sí o no a este cuestionario y tendrás las cosas algo más claras con respecto a este espinoso tema.

1. Solo te fijas en lo buenorro que está. Ese culito, esa boca carnosa, esa manera de batir las pestañas.
2. No habláis mucho, no hay tiempo entre polvo y polvo.
3. Siempre que os veis hacéis lo mismo. Vais a los mismos sitios y seguís una rutina fija.

4. No habláis de vuestra relación ni por asomo. Un poco por vergüenza, otro poco por pereza.

5. No conoces a sus amigos; él tampoco a los tuyos.

6. Os habéis encontrado con un familiar tuyo y te has parado a saludarle. Tu chico se retira y tú no haces ademán de presentarle.

7. Se acercan las vacaciones y ya estás haciendo planes con tus amigas. Se lo cuentas a él y ninguno de los dos saca el tema de pasar unos días juntos.

8. En general, no buscáis excusas para quedar. Si os encontráis y surge, bien.

9. No os miráis mucho a los ojos; sostenerle la mirada no te apetece mucho.

10. Para ti su vida es un misterio. No cuenta casi nada de lo que hace con su familia, sus amigos o en su trabajo.

HE DE RECONOCER QUE ESTE TEST ES UN ARMA DE DOBLE FILO, O POR LO MENOS ES UN POCO ENGAÑOSO. EL AMOR LLEGA DE LA MANERA MÁS INSOSPECHADA, Y UNA DE ELLAS PUEDE SER UN ROLLO DE UNOS DÍAS. ASÍ QUE TOMAD VUESTRAS RESPUESTAS COMO UNA BONITA REFLEXIÓN.

CONSULTORIO MARRDITO

No tengo las cosas claras con respecto a qué hacer cuando me gusta alguien. Temo que si tomo la iniciativa, él se eche para atrás.

Ana, 17 años.

Se supone que a los chicos les gusta que las chicas tomemos la iniciativa. ¿Podemos hacer de esta suposición una teoría general? Seguro que no. Seguro que habrá tíos a los que les guste y a otros no. De todos modos, si alguien se echa para atrás porque has decidido tomar la iniciativa, por decirlo finamente, es que no tiene habilidades sociales; por decirlo bastamente, es un antiguo de tres pares de narices y un gilipollas.

Claro que saber eso, tener la certeza de que te han hecho la cobra por dar el paso, es un poco difícil. Todas tememos que nos den calabazas después del riesgo y el esfuerzo que conlleva un primer acercamiento. Eso es tan cierto como que hay noche y día. A estas alturas, no te preocupes mucho por eso. Ya has entrenado tu autoestima conmigo y eres indestructible. Además, piensa que hay veces que no pillamos a la gente en su mejor momento, o nuestra actitud les sorprende. En esos casos, el tiempo lo dirá todo.

La seducción es maravillosa, pero sabemos muy poco de ella y de cómo practicarla. Además, la convertimos en un cisco cuando aparentamos lo que no somos o nos ponemos en plan peliculero. Por lo menos eso es lo que yo creo.

Mi consejo es que intentes rodearte de personas sanas, a poder ser que hayan salido de su caverna paleolítica, y sean divertidas. A estas alturas del mundo, todo lo demás es pura rareza. La mayor parte de las veces, el camino más llano es el mejor. Ser auténtica y no guiarte por los estereotipos te puede llevar lejos. En caso contrario, no temas que te rechacen.

Necesito consejos muy concretos para el minuto uno que sigue a la primera mirada.

Verónica, 19 años.

Me pongo en situación para responder a tu pregunta, Verónica. Estáis en el mismo lugar, respirando el mismo aire y alumbrados por la misma luz. De momento, eso es lo único que tenéis en común. Parece de Perogrullo, pero os tenéis que acercar. Si le miras o le demuestras de alguna manera, con lenguaje corporal, que ahí estás tú, pero aun así no lo pilla, no te desesperes. A veces, los tíos son así. Intenta subir de nivel, pero sin ser muy evidente. Si la cosa no avanza y te ves capaz de hablar clara y sinceramente con él, adelante. Si no, dibújale un croquis. O enreda a alguien de tu pandilla para que le haga algún comentario al respecto.

Lo cierto, Verónica, es que se me ocurren un montón de cosas que hacer y que decir después de ese minuto uno que tú dices.

Hay tantas situaciones posibles de ese momento como personas en este mundo.

Deja fluir la situación, improvisa, no te guíes por un plan. De todos modos, si lo tienes, seguro que con la emoción del momento se te olvida. Lo que sí puedes hacer a partir de ese instante es observar sus reacciones (tampoco es que haya que tomar apuntes, ¿vale?) y las tuyas. Tu piel es muy sabia y te dará una información valiosísima para que te acerques más a él o te vayas a tu casa corriendo a jugar a la Play.

Siempre me maqueo mucho cuando salgo de fiesta y a conocer gente. ¿Ir supersexi garantiza ligar? ¿Tienes algún look con el que triunfes?

Elsa, 25 años.

Esta vida es sorprendente y la mayor de las felicidades te puede pillar en mallas, deportivas, con la cara lavada y pelos de loca. Y ahí es donde está lo guay y lo bonito, nena. A mí también me gusta arreglarme para salir de fiesta, así que te cuento lo que me pongo esos días.

Yo soy de las que piensa que salir a ver qué hay en el mundo es una ocasión que merece su ***outfit***. Donde se ponga una buena minifalda, con unas plataformas tipo rascacielos, que se quite todo lo demás. El leopardo y el *animal print*, en general, y el *total black* look favorecen y son muy sencillos de conseguir. También me gustan los contrastes. Por ejemplo, los pantalones rotos como si los hubiera devorado una pantera los combino con un *bodysuit* sexi o botas mosqueteras de tacón fino con un vestido tipo camiseta.

En el apartado complementos, me gusta la bisutería, yo apuesto por pendientones (uno solo o los dos) y toda la cacharrería de pulseras y anillos que me hacen sentir una *queen*. Ah, y nunca me falta un reloj en la muñeca.

El tema de la ropa es muy personal, así que aquí cada una tiene que tirar de imaginación y poner su toque en lo que lleve puesto. Vístete como más cómoda y guapa te sientas, sin que importe la mirada de los tíos.

> *Siempre me pasa lo mismo. Cuando sé que me voy a ir a la cama con alguien, me quedo como una estatua. ¡¿Qué hago?! Veo que mucha gente se anima bebiendo, pero a mí el alcohol no me gusta.*
>
> **Rebeca, 21 años.**

Hay gente que después de los primeros besos y las primeras caricias se corta y se queda como un moái, algo parecido a lo que dices que te sucede. Hay otra que cuando liga se pone nerviosa, comienza a pedir copas y no para. Es como un tic. El camino al lecho puede parecer más llano con cinco o seis cubatas en el cuerpo, no digo que no, pero lo que sucede después de una gran borrachera no suele ser digno de recordarse. Y la verdad, ¿quién quiere terminar limpiando una vomitona como fin de fiesta?

Hacemos uso del alcohol como remedio de todos los males y los bienes. Si estamos tristes, empinamos el codo; si estamos alegres, empinamos el codo. Tú dices que no te gusta y seguro que, a veces, te sientes un poco descolocada por ello. Para estas ocasiones también hay que tirar de autoestima, nena. No te compares y aborda la situación según tu manera de ser. No te presiones y si no te sientes cómoda, pregúntate por qué.

Tal vez lo mejor que puedes hacer es tener tus citas en lugares en los que te sientas totalmente bien. Por ejemplo, queda para dar un paseo, o para hacer una especie de pícnic al aire libre. Seguro que sin la presión del entorno, la rigidez desaparece. Y como he dicho antes, ser natural y contar lo que sientes, aunque no sea una costumbre en uso, puede dar buenos resultados.

Lo malo es cuando la cosa se desmadra por la otra parte y la sed es mucha. En estas ocasiones, yo hago algún comentario al respecto, como el que no quiere la cosa, y generalmente funciona. El tema se resume en consumar o consumir.

> *Temo y al mismo tiempo me encanta el momento de marcharme con él para enrollarnos. ¿Qué es lo mejor: silencio y miradas o hablarlo abiertamente?*
>
> **Jacqueline, 34 años.**

Lo mejor es lo que tú consideres más oportuno y más te apetezca. La mayoría de las veces hay señales que saltan a la vista, roces, besos, algunas miradas. Hay para quien ese momento no necesita palabras. Imagínate: os cogéis de la mano o de la cintura buscando crear el primer vínculo físico, compráis algo de beber, pedís un taxi o vais caminando hacia la gloria despacio y sin decir esta boca es mía.

Por el contrario, puede que seas de las que hablan hasta debajo del agua, te gusta hacer comentarios ocurrentes y reírte. En ese caso, también os cogéis de la mano o de la cintura buscando crear el primer vínculo físico, compráis algo de beber, pedís un taxi o vais caminando hacia la gloria sin prisas, pero parloteando.

Mi sugerencia: sé natural, respeta tu modo de ser y valora el de tu pareja.

Como siempre digo cuando hablo de estos momentos tan especiales, la única pregunta que se impone es si alguno de los dos lleva preservativo. En este tema hay que ser implacable. Hay mucha gente que piensa que eso no va con ellos. Es decir, que los embarazos y las enfermedades de transmisión sexual les pasan a otros. Si hemos decidido cuidarnos, este aspecto no debemos dejarlo pasar por alto. Nuestra salud es muy muy importante.

> *Para mí el día D, el día después, es clave para seguir o para decir adiós. El instante en el que te levantas y le miras a la cara puede ser demoledor o maravilloso. En cualquier caso, ¿cómo hacer para no pasarlo tan mal cuando eso sucede?*
>
> **Raquel, 26 años.**

La ropa está tirada por el suelo; olvidaste bajar la persiana y el sol te ciega; él está a tu lado. Oyes que se mueve y se levanta, y cierras los ojos hasta que las pestañas se te clavan en ellos. Escuchas el frufrú de su ropa mientras te haces la dormida; la evidencia de que no quiere despedirse, te dices.

¿Te suena la escena? En ese momento, muchas veces nos debatimos entre lo que queremos decir de verdad, lo que pensamos, lo que se supone que debemos decir, lo que entendemos que dice él, lo que necesitaríamos oír... ¡Un lío! Por menos de nada, el orgullo y los malos entendidos campan a sus anchas en ese territorio en el que hace tan solo unas horas todo era pasión y buen rollo (se supone).

Si le ves con mucha prisa, si se escabulle como si hubiera dado un palo a una joyería de madrugada, hazle una peineta y pide hora en un spa. Pero, recuerda, sin culpa ni malos rollos. Si le ves con mucha calma, proponle lo que más te apetezca: repetir; desayunar y repetir; pedir comida rápida y repetir ;).

10
IDEAS PARA UNA VIDA
10

Hablando de repetir,
repasa los puntos más importantes de este capítulo
y ponlos en práctica en cuanto puedas.

1. Después de una ruptura hay vida. Vida=viajes, conocer gente, sexo lujurioso...

2. Tu placer es prioritario. Búscalo sin descanso y échale el lazo.

3. Date tu tiempo y elige bien cuando conozcas a alguien.

4. Atiende la llamada del instinto y ¡disfruta!

5. Ten clarísimo lo que quieres y házselo saber a quien te acompañe en el viaje a tu felicidad.

6. Ser una perra es maravilloso. Prueba la experiencia.

7. LA LIBERTAD SEXUAL ES UN DERECHO. Ejércelo como mejor te parezca.

8. Los jueces, a los juzgados. No dejes que nadie te diga lo que está bien o lo que está mal.

9. La atracción física puede ser el comienzo de una relación estable O NO. Deja la ansiedad del noviazgo a un lado.

10. Tu cuerpo es un templo, cuídalo al máximo.

Sí, el amor es maravilloso, pero ser una perra no está nada mal. Sobre todo si has salido de una relación tóxica y has decidido darte un tiempo antes de volver a verle el careto a Cupido. La libertad, el placer y el respeto están bordados en el estandarte de toda perra que se precie de serlo. Empúñalo con fuerza y muéstraselo sin miedo al mundo.

CAPÍTULO 5

¡HE ENCONTRADO EL AMOR!

Parece mentira, hace exactamente nada más y nada menos que cuatro capítulos estabas hecha unos zorros, desorientada y sin rumbo. Mírate ahora, piensa en todo lo que has hecho y has conseguido, nena. Has luchado como una jabata para sentirte mejor, empoderarte y tener muchas metas a las que llegar. ¡Bien por ti! Si una de ellas era encontrar el amor y ha aparecido, enhorabuena. Si no lo has encontrado, enhorabuena también. En cualquiera de los dos casos, te deseo lo mejor; eso que todas nos merecemos.

Pero a lo que estamos. Hagamos caso al epígrafe de este capítulo, celebremos que te has embarcado en una relación sexoafectiva, o lo que tú hayas tenido a bien decidir. Has maravillado a propios y extraños, que no confiaban en verte nunca más al lado de un tío. Y lo más importante, te sientes genial con todo lo que te está pasando.

CONTESTA SÍ O NO EN EL SIGUIENTE TEST PARA SABER SI TU NUEVA HISTORIA FLUYE O VA CUESTA ABAJO.

1. Compartís tiempo y os resulta más que agradable estar juntos.

2. Pasadas las primeras semanas de pasión, seguís pensado mutuamente en los detalles.

3. Os seguís sorprendiendo con gestos sencillos con los que os demostráis cariño.

4. No estáis obsesionados en cambiar la manera de ser del otro.

5. Tenéis química sexual.

6. Vuestro modo de comunicaros es abierto y constructivo.

7. Hacéis planes a medio plazo.

8. Vuestra unión emocional mola y es cada vez más fuerte.

9. Cuando discutís, la sangre nunca llega al río.

10. Si tenéis opiniones distintas a la hora de tomar una decisión conjunta, sabéis negociar y nadie se siente en desventaja.

Si has contestado «sí» al menos a seis de las frases, vuestra relación está fresca y viva como una lechuga fresca y viva. Si no, frena y piensa qué puede estar fallando en vuestra pareja, querida.

Vale, *on the road again*. De nuevo tienes pareja. Por un lado, te dices a ti misma que esta vez va a salir bien. No derraparás ni aunque tomes las curvas más cerradas y sinuosas de la carretera del amor. Repasas mentalmente todas las cosas que quieres y las que no vas a permitir por nada del mundo. Te mantendrás firme en tus ideas. Nadie te va a chulear. Por otro lado, vives esa sensación maravillosa y única que consiste en creer que el mundo está al alcance de tus manos y que lo que hay en él se ofrece ante ti como algo nuevo y emocionante. Ríes sin motivo, estás muy tontorrona...

Eh, ¡despierta! Lo siento, nena, pero debemos bajar a la tierra y mancharnos las manos con su barro si la ocasión lo requiere. Lo primero que hay que decir es que esas sensaciones son la puta esencia de la vida y que es una de las razones más poderosas por las que se merece estar en este valle de lágrimas. Perooo debemos tomarlas como lo que son: alucinaciones transitorias.

Sí, no te quito la razón, con cada nueva relación parece que estrenamos el mundo. La realidad, sobre todo cuando ya se han cumplido unos años, es muy otra. Todos llegamos a ese *reset* con nuestra mochila a cuestas, o a rastras, según nos haya ido. Si hemos tenido una vida un poco perruna en nuestra familia, por ejemplo, y acumulamos un largo historial de carencias afectivas y momentos chungos, que a su vez nos hacen ser un poquito especiales, es posible que todo eso se refleje en nuestras relaciones.

A veces, debemos ordenar nuestra vida antes de iniciar una nueva con alguien, o por lo menos ser sinceras y compartir nuestro «desastre emocional» para que nadie se lleve sorpresas.

El amor consiste en mirarnos a nosotros, mirar al mundo y ver qué nos ofrece y qué tomamos de él. Todo conspira (pelis, canciones, cuentos infantiles, creencias...) para que creamos que el amor es mágico y no requiere esfuerzo, que existe un príncipe azul para cada una de nosotras y que la suerte estará de nuestro lado en eso y en muchas otras cosas más. Para definir este cuento, sin duda, se inventó la palabra «patraña».

Por eso, pasada la fase de arrebato o casi en sus últimos coletazos, y para que no se nos caigan los palos del sombrajo a la mínima, debemos saber actuar como mujeres inteligentes. Date el tiempo que haga falta para conocer lo mejor posible a esa nueva persona que has dejado entrar en tu vida. Si no eliges a tus amistades al azar, tampoco lo hagas con quien vas a compartir tu vida. Nunca actúes de manera desesperada o precipitada en este sentido.

Una de las cosas más importantes cuando la relación toma algo de impulso y puede ser la clave para continuarla o no es saber si te aporta algo y te ayuda a crecer. Otra de las claves para comprobar que «la nave va» o se acerca el naufragio es detectar si te «sientes suya» (en las novelas rosas esta frase puede sonar a música celestial, pero en la vida real es lo más cercano a una cagarruta de elefante).

Si yo tuviera un tambor, haría un redoble para decir esto: LA LIBERTAD ES MUY IMPORTANTE. Esa libertad se refiere a la nuestra propia y a la suya, claro. La posesión es la puerta de entrada a casi todos los males de la pareja. Si siempre has tenido relaciones tóxicas, cuando descubras lo que es amar a alguien bajo el signo de la libertad, nunca más volverás a querer otro tipo de relación. Querer compartir tu vida con alguien no significa darle hasta tus higadillos. Recuerda esto: tú tienes intimidad y privacidad con respecto a todas y cada una de tus cosas (teléfono y redes, espacio etc.), de tu cuerpo y de tu mente. ¡Firma estas palabras, tatúatelas! Si por cualquier motivo estas líneas rojas se traspasan, os convertiréis en un monstruo de dos cabezas, con una probabilidad altísima de que terminéis a mordisco limpio.

CURIOSIDADES MARRDITAS

Una vez llamé a un tío por el nombre de mi ex. La cosa no hubiera tenido importancia si no nos hubiéramos estado restregando mientras lo hacía. ¡Cosas que pasan, nena!

Otra gran cagada para cincelar en mármol fue mandarle a un chico al que conocía de muy poco (pero me gustaba mucho) una foto en la que yo aparecía en toples. En realidad, su destinataria era una amiga mía a la que yo quería enseñarle lo morena que estaba después de mis vacaciones en la playa.

Siempre que me pillo por alguien me da por comprar maquillaje, sombras de ojos, pintalabios, rímel y cualquier potingue que se me ponga por delante. Me estoy quitando, ¿vale?

Mi parte preferida del cuerpo de un hombre es la nuca. Me pierden, lo reconozco. Un buen corte de pelo que deje ver esa zona me pone en órbita. Bueno, a los labios carnosos también se me van los ojos.

Para amar de manera sana hay que trabajar duro, desde luego. Trabajar las inseguridades, mantener a raya los celos y dejar la puerta siempre abierta. Buena parte de que todo esto funcione, es decir, de que nuestra pareja marche, se consigue hablando. A veces hablar es un coñazo, no apetece, da pereza, qué sé yo, pero en todos los casos compensa.

Te sugiero que, si no se te da del todo bien, aprendas a negociar, a saber encajar las críticas, también a saber hacerlas.

Cada persona es un mundo; algunas, dos. Hay gente que no sabe mantener una conversación civilizada y mucho menos negociar. Las causas por las que esto sucede son muchas. Tal vez nunca lo ha hecho, o todo lo contrario, lo ha hecho a voces y sin tener en cuenta a la otra parte. No es cuestión de educar a nadie, pero determinadas situaciones requieren tacto y paciencia. Con todo, si ves que no hay manera, carretera y manta.

A CONTINUACIÓN TE DOY UNAS CUANTAS REGLAS IMPRESCINDIBLES PARA NEGOCIAR SIN QUE LA SANGRE LLEGUE AL RÍO.

Hablar siempre en un tono adecuado y educado.

Escuchar; solo si lo haces, tendrás el derecho de hablar.

Ser sincera, o lo más sincera posible, vaya.

Explicar cómo te sientes, de manera muy clara y sin el reproche por bandera. A veces damos por sentado que los demás saben lo que queremos o cómo nos sentimos. Nadie tiene telepatía.

Si entras en la espiral de los reproches, acabarás tirándole en cara hasta cuando se comió la primera papilla. Y no es plan, ¿verdad? Céntrate en el tema del que estáis hablando. Sé muy muy clara a la hora de pedir lo que necesitas.

De entre todas las miles de cosas que debemos tener en cuenta en una relación sana, probablemente, el respeto es la más importante. Por no hablar de la confianza mutua. Sin estos dos superpilares, olvídate de que llegue a buen puerto. Ah, se me olvidaba, no sé a ti, pero a mí jamás me ha funcionado eso de que «los polos opuestos se atraen». En cualquier caso, en el amor, los polos opuestos se dan de tortas. Si comienzas una relación con esta creencia, es bastante posible que te falte un buen chute de realismo. «Sí», te dices, «somos muy diferentes, pero él cambiará, estoy segura». Este tipo de globos mentales se nos forman en la sesera en los tiempos felices de nuestro amor, cuando levitamos al roce de su piel o con una mirada tierna. Como ya te he dicho, la enajenación suele ser transitoria y la realidad termina por imponerse. Por tanto, locura, frenesí, borrachera de amor, ¡SÍ!, pero con los pies en la tierra.

La vida da muchas vueltas, algunas incluso marean. Supongamos que vuestra relación se estabiliza y, como sucede siempre, las cosas comienzan a cambiar (puede que a peor, claro). Cuando esto sucede, cuando los vientos se desatan y el barco se mueve más de la cuenta, es fundamental tener al lado a alguien que sepa encajar esos cambios, que luche codo con codo a nuestro lado. En estas situaciones se demuestra que ser totalmente diferentes, practicar la intransigencia y no entender de qué va la comprensión y el perdón solo nos llevará al patatal.

No estoy inventando la pólvora si digo que otro asunto de extrema importancia en una relación es el sexo. Allá cada cual con su uso y disfrute, por supuesto, pero presta atención a los momentos que escoges para hacer el amor. ¿Por qué digo esto?, pues porque hay que tener cuidado con utilizarlo para arreglar lo que no se soluciona con palabras. El sexo de reconciliación tiene morbo para mucha gente, pero trae problemas y deja al descubierto que en la pareja falta comunicación.

Y hablando de comunicación, llegamos al escabroso tema de los celos. Qué lío si pienso en mis sentimientos y en lo que debo hacer cuando tengo ataques de celos (porque los tengo). Qué burrancana e irracional me siento a veces cuando me dan. Seguro que sabes perfectamente de lo que hablo y me entiendes, porque a ti también te pasa.

Si lo pensamos bien, ese cacao mental que sufrimos está relacionado con nuestra educación, con cómo nos han enseñado a amar y a recibir el amor. Amor=Celos. Es increíble que midamos el grado de enamoramiento así, que sintamos un pellizquito en el estómago cuando vemos asomar la sombra de los celos en los ojos de nuestra pareja y que cuando eso sucede, nos digamos convencidas: «Eso es porque me quiere».

Algunas veces sueño que vivo en el futuro y hemos aprendido a querernos bien. Aquí en el presente, nena, LOS CELOS DE LOS HOMBRES MATAN MUJERES. Así que ojo con eso de que te quiere tanto que no puede verte con nadie más. Pensándolo bien, ese comportamiento cavernícola es mierdero para ambas partes de una pareja. ¿De qué va todo eso de olvidar a nuestros antiguos amores, por ejemplo, de no poder relacionarnos con ellos si las cosas no terminaron mal, de dejar en un segundo plano a nuestra panda? Nos colgamos ese cartel invisible de «reservado» y tiramos millas como si esas personas a las que ya no vemos, o vemos menos, no existieran. ¡Qué puta locura!

¿Qué hacer?, ¿qué hacer? Respuesta: dar un giro de todos los grados posibles a nuestra existencia. Lo primero que hay que cambiar son los pensamientos. La primera mudanza de esos muebles que supuestamente tenemos en la cabeza es fundamental para tirar hacia delante de otra manera. Dale al trapero los más viejos, los que te sobren. Sanea tu mente y actúa según tu nueva manera de ver la vida.

Lo he repetido muchas veces y tú ya sabes que todo ese rollo del amor romántico nos lo han grabado a sangre y fuego en nuestro ADN. ¡Qué bonito es, ¿verdad?!, y qué dañino, ¿cierto? Pues mira lo que te digo, yo quiero menos príncipe azul, menos cenas a luz de la luna, menos ramos de flores, menos San Valentín y más respeto y libertad. Eso es lo que yo quiero. Que las hormonas se desbocan, pues muy bien, pero mi cabeza manda.

UN BRINDIS POR EL NO

No soy la media naranja de nadie,
yo soy la naranja entera.

No quiero dejar todo por él y que él deje todo por mí.

No dramatizo ni enloquezco
si decide marcharse de mi lado.

No dejaré de ver a mis amig@s y a mis amores pasados
con los que tengo buena relación.

UN BRINDIS POR EL SÍ

Sí, tú y yo mejor que nosotros.

Sí, el amor romántico, para las redes sociales.

Sí, la calma y las buenas palabras.

Sí, el respeto y la generosidad.

Un segundo escabroso tema es el de las fechas del amor. Que visto lo visto, cuando entras en la rueda de tener pareja, son todas. Digámoslo ya: TENER PAREJA ES CARO. Por lo menos, según lo establecido. Una de las fechas más catetas, por no decir la más cateta del calendario del amor, es San Valentín. Como tú y yo sabemos, el 14 de febrero es un sacacuartos que manda narices. Aún tienes la cartera temblando por el palo de las navidades y en menos de un mes ya estás quemando la tarjeta de crédito de nuevo. Se me revuelve el estómago solo de pensarlo, nena.

Yo hace tiempo que prefiero celebrar el Día de los Enamorados a mi manera. Y en vez de San Valentín celebro San Puterín. Mucho más divertida y menos empalagosa, oye. Si tú también quieres apuntarte a esta celebración, te doy algunas ideas para pasarlo bien.

Haz un grupo con tus contactos de calidad y prepara una fiesta.

Dile a tu pareja cómo vas a celebrar el día. Si lo toma a mal, enséñale dónde está la puerta.

Tus amistades son los mejores amores, por lo menos los que más duran en la mayoría de los casos.

Si tienes cuerpo y ganas, reserva en un restaurante y cena con tu gente. Si ves alguna cara de envidia en las mesas aledañas, no te extrañe. Las cenas románticas son un coñazo. !No dan ni para una escena completa en las películas «rosas»!

CONSULTORIO MARRDITO

¿Qué cosas no se pueden permitir, bajo ningún concepto, en una relación?

Marina, 18 años.

Ninguna relación es igual a otra. Cada pareja tiene sus códigos y su manera de actuar con respecto a sí misma. Es cierto que muchas, bajo esta gran verdad, excusamos comportamientos que no deberíamos tolerar; por ejemplo, unos celos desmedidos. Es frecuente oír frases como «Es que él es así», «Hoy tiene un mal día» o «Se le pasa enseguida».

Ya sabemos de qué va todo ese rollo y con lo que nos podemos encontrar a la vuelta de la esquina si no andamos listas.

UNA POSIBLE LISTA DE «NO PERMITIDOS» ES ESTA:

NADA de órdenes.

NO DEJES que traspase tu intimidad, entendida
esta como teléfono, cajones, control de las citas,
horarios, vestuario, bolso, amistades, etc.

CELOS DESAFORADOS: no, gracias.

NO ESTÉS a su disposición
cada vez que a él se le antoje.

Por supuesto, NO CONSIENTAS
amenazas verbales.

Por supuesto, no consientas agresiones físicas.
NI UN MAL EMPUJÓN-LO SIENTO-
HA SIDO SIN QUERER.

NO TOLERES que te manipule y
déjale claro que sabes cuándo lo hace.

NO PERMITAS que te robe tus sueños
y tus ilusiones.

Marina, leyendo estas ideas seguro que se te ocurren otras tantas.

Mi chico y yo vamos juntos a todos lados, lo compartimos todo... ¿Es bueno estar tan unidos?

Alma, 27 años.

¿Sois hermanos siameses, Alma? Si tu respuesta es sí, pasa a la siguiente página. Si tu respuesta es no, te diré que, al principio de las relaciones, esto que cuentas puede ser medio normal, pero, desde luego, no lo más sano ni lo más recomendable. Se me ocurren varias preguntas en un caso como el tuyo: ¿qué cosas os vais a contar si todo el rato estáis muslamen con muslamen y agarrados de la mano?, ¿cómo vais a enriquecer vuestro mundo en común? Y lo más importante de todo, ¿dónde quedáis cada uno, individualmente, como persona?

Unión no significa estar pegados como lapas todo el día. Conozco a un par de parejas muy unidas que solo se ven una vez a la semana porque no viven en el mismo lugar. La unión deseable nos conecta con la otra persona emocionalmente sin agobiarnos y, a buen seguro, nos conduce a sentir un deseo más pleno.

Intuyo una sombra de duda en tu pregunta, lo cual me hace suponer que no todo está perdido contigo. Alma, revisa tu relación, deja que corra un poquito de aire fresco entre vosotros. Házselo saber a él, a ver cómo respira. Si la vuestra es una relación guapa, con los retoques pertinentes terminará por ser guapísima.

Después de una mala experiencia con mi ex, no sé cómo confiar de nuevo en mi pareja actual.

Raquel, 30 años.

Dejar a un lado las inseguridades y malas experiencias del pasado no es tarea fácil. Con todo, si no hacemos esto, si nos dejamos arrastrar por los recuerdos chungos y el dolor, la nueva relación no funcionará ni mucho ni poco. ¿Es complicado? Sin duda. Estos procesos no son automáticos y tampoco vas a confiar porque te digan que confíes o porque veas que su pareja parezca buena persona.

Toda esa maraña de sentimientos no se desenreda de un día para otro. La razón es clara: la huella del dolor no se borra con un poco de viento; en muchos casos, es muy honda. También porque son irracionales, tenemos poco control sobre ellos y un temor excesivo en que nos ganen la partida. Trabajar este aspecto de la relación es muy importante. Tanto como tener una pareja comprensiva y que se parezca lo menos posible a tu anterior novio.

Haber tenido una mala experiencia con tu ex no te garantiza que con este nuevo chico vayas a subir a las cumbres de la felicidad. Raquel, ya sabes que eso solo sucede en las películas.

Intenta contarle cuáles son tus prioridades en la pareja, qué es lo que te gusta y lo que no. Desconfiar por sistema es algo muy negativo. Dale la oportunidad que seguro se merece y sé objetiva con su comportamiento. Arriesga sin miedo pero con cautela. Te mereces lo mejor.

> *Estoy muy enamorada de mi novio y nos queremos mucho, pero no estamos de acuerdo en casi nada. Eso hace que todo el día estemos a la greña.*
>
> **Carla, 22 años.**

El amor no es la purga de Benito, no pone a las parejas en sintonía ni hace que piensen igual por obra y gracia del espíritu santo. Repasa vuestras conversaciones, revisa en qué temas no estáis de acuerdo, piensa si detrás de las broncas hay algo más.

A veces la chispa se enciende con leña de otro fuego. Si son cosas realmente importantes, valora seguir o no con vuestra relación. Estar con alguien no debe ser un calvario y los momentos buenos y felices tienen que compensar a los malos, a esas discusiones de las que hablas.

Carla, ¿has barajado la posibilidad de cortar con él? En ocasiones nos cuesta romper porque intuimos lo que se nos viene encima. Por si no lo sabías, como en breve te graduarás en marrditismo, estás más que capacitada para hacerlo.

La sensación de vacío que sentirás si te decides a dejarle se atenuará bastante gracias al calor de tus amistades y a tener rutinas y aficiones que te den vidilla. No tengas miedo de tomar la decisión de dejarle si no tienes con él una vida, como poco, maravillosa.

Mi chico es muy celoso, tenemos muchas broncas por este motivo.

Lara, 26 años.

Lo único que te puedo decir, querida Lara, es que si la cosa está así, chungo. Si tu chico es muy celoso, que se compre un mono y se vaya con él a una feria. Disculpa que sea tan bruta, pero con estos temas me sale la vena salvaje.

Como ya he dicho, existe la creencia de que los celos son una de las pruebas más grandes de amor. Tal vez por eso, los vemos como algo normal y hasta un síntoma positivo de la salud de una pareja. Nada más peligroso y alejado de la realidad. Que te quiera para él solo demuestra lo garrulo y machista que es. Te quiere para él solo, ¿en qué sentido? ¿Para que no te relaciones con nadie?, ¿porque no se fía? ¿De ti?, ¿del mundo? No pierdas ni un minuto en contestarte estas preguntas porque son absurdas. Sí te sugiero que inviertas tiempo en comprobar qué hay detrás de tanto mal rollo. Bueno, te lo puedo decir yo: una persona posesiva e insegura, de la que debes alejarte sin dudarlo cuanto antes mejor.

En cualquier caso, las broncas constantes son un indicativo de que la relación no marcha. Con peleas a todas horas se sufre y eso no es, nena. Ese refrán de «Quien bien te quiere te hará llorar» debería estar, junto con muchos otros del mismo estilo, en un vertedero especial de refranes tóxicos.

> *Desde hace un tiempo, mi novio me dice que quiere que abramos la pareja, que hagamos un trío con una chica.*
>
> **Verónica. 35 años.**

Estos temas requieren muchas conversaciones, sinceras y pausadas. Ya sabes lo que él quiere, y tú ¿qué quieres? Piénsalo con tranquilidad y no te sientas presionada. Si es de común acuerdo, no hay problema. Si te lo ha propuesto, es porque entre vosotros existe un nivel de confianza grande.

Sé que para muchas mujeres este es un asunto tabú. Para ellas va dirigido mi consejo: no os lo toméis a mal ni os chinéis. Pensad que solo es una propuesta que hay que consensuar con calma. Desde luego, nunca aceptéis por haceros las modernas, complacerle a él o por temor a que se enfade.

De todos modos, te diré que los tríos con chicas son una de las fantasías más recurrentes de los hombres. Me entra un poco de sopor tener que pensar por qué y, sinceramente, me importa un pimiento. El caso es que esa es SU fantasía; no confundas sus deseos con los tuyos. Si coinciden, adelante, y que lo disfrutes.

10 IDEAS PARA UNA VIDA 10

En este último apartado del libro, tú eres la protagonista absoluta. Elije a quien dedicarle tus deseos más importantes. Te doy una lista de algunos de los míos. Amplíala con lo tuyo, ¡no te cortes!

Nene, soy una mujer independiente y, contigo o sin ti, voy a seguir siéndolo.

Nene, tengo mis propias ideas y tomo mis propias decisiones.

Nene, nadie me grita ni ejerce ningún tipo de violencia sobre mí.

Nene, te quiero mucho, pero me quiero más a mí.

Nene, NO ES NO.

Nene, no me busques en San Valentín.

Nene, solo hablando nos comprenderemos.

Nene, mis amigos y mis antiguos amores forman parte de mi vida.

Nene, no me juzgues.

Nene, quiéreme bien.

El amor en pareja es la leche, pero también es un dolor de cabeza. Sin duda, hay que hacer muchos malabares para llegar a tocar el cielo (cinco segundos máximo) en una relación amorosa. Si no lo idealizas, saldrás ganando. Cuando ese dolor de cabeza se haga muy intenso, abandona el nido y vuela alto.

EPÍLOGO
MARRDITO

Si has tenido mala pata en asuntos del corazón o no terminas de encontrarle el punto a esa relación sosaina que tienes con tu pareja, no te quedes parada esperando a verlas venir, no te conformes. El mundo nos da muchas puñaladas traperas, pero también nos ofrece un montón de cosas fascinantes y es nuestro deber ir a buscarlas como lo que son, auténticos tesoros.

Una de las que más molan, y por la que somos capaces de hacer muchas bobadas, es el amor. Me encantaría que en el transcurso de esta lectura hayas descubierto que el más importante es el que te ofreces a ti misma, que el de San Valentín solo existe en las películas y casi siempre es dañino y que el que construimos con nuestra pareja implica respeto e igualdad.

La última página de este libro, que he escrito con todo mi cariño y pensando en ti, podría parecerse a un final. Nada más lejos de la realidad. Deseo sinceramente que las sugerencias e ideas que te he dado te sirvan para continuar escribiendo muchas páginas más, felices y maravillosas, de la historia de tu vida.

¡Aquí empieza todo para ti, nena!